**Keyifler değildir
yaşamı değerli kılan.
Yaşamdır, keyif
almayı değerli kılan.**

Çay Kokulu Hikâyeler

Kişisel Gelişim: 103

ISBN: 978-605-297-018-8
Yayıncı Sertifika No: 16238

Çay Kokulu Hikâyeler

Hazırlayan: Ender Haluk Derince
Kapak Tasarım: Faruk Derince
Yayın Koordinatörü: Özge Ceren Kalender
Editör: Begüm Öztürk
İç Tasarım: Sadık Kanburoğlu

BASKI
MY MATBAACILIK SAN. VE TİC. LTD. ŞTİ.
Maltepe Mah. Yılanlı Ayazma Sk. No: 8/F Zeytinburnu / istanbul
Tel: 0212 674 85 28 mymatbaa34@gmail.com Sertifika No: 34191

YAKAMOZ KİTAP / SONSUZ KİTAP
Gürsel Mah. Alaybey Sk. No: 7/1 Kağıthane/İSTANBUL
Tel: 0212 222 72 25 Faks: 0212 222 72 35
www.yakamoz.com.tr / info@yakamoz.com.tr
www.instagram.com/yakamozkitap
www.facebook.com/yakamozkitap
www.twitter.com/yakamozkitap

Çay Kokulu Hikâyeler

İçindekiler

Masallardaki Prens

Aşk denen olağanüstü duygu yüreğinize düştüğünde, onun derinliğini, hazzını ve coşkusunu hissettiğinizde, dünyanın değiştiğini göreceksiniz.

Krishnamurti

Benim için aşk, uzun yıllar boyunca, masallarda duyduğum gibi bir şeydi. Herkesin, kalbini yerinden çıkacakmış gibi attıracak bir prensi olduğuna inanırdım çünkü masallarda öyleydi. Ancak gerçek aşkı tattığımda bunun hayallerimdekinden çok daha farklı ve güzel olduğunu anladım.

Joel'i çocukluğumdan beri tanıyordum. Babalarımız aynı şirkette çalışıyordu ve bu yüzden annelerimiz de çok yakın arkadaşlardı. Birlikte çok sık vakit geçiriyor, oyunlar oynuyorduk. Ailelerimiz bizi liseye kadar aynı okullara göndermişlerdi. Lisede kısa bir ayrılık yaşadıktan sonra ikimiz de aynı üniversiteyi kazanınca tekrar bir araya geldik.

Joel benim en iyi arkadaşımdı. Canım bir şeye sıkkın olduğunda hemen anlardı. Ben mutsuzken beni eğlendirmeye çalışır, bir şeye çok sevinmişsem benimle birlikte mutlu olurdu. Erkek arkadaşımdan ayrıldığımda omzunda ağladığım tek insan oydu. Beni olduğum gibi kabul eden ve seven tek insan oydu. Joel'in benim için değerini anlatacak bir cümle henüz yoktu.

Üniversite yıllarım Bay Doğru'yu arayarak geçse de bu konuda başarılı olduğum söylenemezdi. Hayatıma giren ya da girmek üzere olan her erkekten o kadar çok şey bekliyordum ki her seferinde hayal kırıklığına uğruyordum. Arkadaşlarımın çoğunun mutlu ve uzun süredir devam eden ilişkileri vardı. Hepsi bana Bay Doğru'yu bulmayı bir takıntı hâline getirdiğimi ve bu yüzden gözümün hiçbir şeyi görmediğini söylüyordu. Bense etrafımdaki herkes kendi masalındaki prensini bulmuş da bir tek ben yalnız kalmışım gibi hissediyordum.

Bir sene daha Bay Doğru'yu bulamadan geçip giderken bir yandan da mezun olmaya çalışıyordum. Son sınavların yoğunluğuna bir de mezuniyet balosu telaşı eklenmişti. Herkes baloya tek başına gitmekten korkuyordu. Ben dâhil.

Bir gece ertesi gün gireceğim sınava çalışırken Joel'den bir mesaj geldiğini gördüm. Telefonun ekranında adını görünce kalbim yerinden çıkacak gibi oldu. İşte o an, her şeyin netleştiği ve gözlerimin açıldığı an oldu. Bay Doğru'yu bulamıyordum çünkü yanlış yere bakıyordum. Bay Doğru, Joel'di ve ben, ona âşıktım. Bu gerçek, uzun yıllardır gözümün önünde olmasına rağmen nasıl bu kadar kör olabildiğimi anlayamıyordum.

Joel'in sınavla ilgili mesajına cevap verdikten sonra elime bir kâğıtla kalem alıp ona bir mektup yazmaya başladım.

Mektubu yazarken başta heyecanlanıp Joel bu mektubu alınca olacaklardan biraz korksam da sonrasında kelimeler su gibi akmaya başladı.

Sevgili Joel,

Zaman ne çabuk geçiyor, değil mi? Seninle oyunlar oynarken şimdi üniversite mezuniyetine gün sayıyoruz. Hayatımdaki yerin, kimsenin dolduramayacağı kadar büyük. Seninle bunca seneyi paylaştığım için mutluyum. Her anımda yanımdaydın ve beni bir kez bile olsun üzmedin. Tüm dertlerimi dinledin. Dert demişken... En büyük derdimin âşık olamamak ve Bay Doğru'yu bulamamak olduğunu biliyorsun. Ben bu akşam onu buldum. Hayatıma daha önce hiç bakmadığım bir açıdan baktığımda bazı şeylerin aslında ne kadar göz önünde olduğunu ama benim yanlış tarafa baktığımı fark ettim. Bay Doğru'nun; mutluluğuna en az kendi mutluluğum kadar sevindiğim, üzüldüğünde ya da ona bir şey olduğunda canımdan bir parça gittiği, onu bir başkasıyla gördüğümde hiç kimseyi kıskanmadığım kadar kıskandığım, yanında olmaktan ve birlikte vakit geçirmekten asla sıkılmadığım biri, en yakın arkadaşım olduğunu fark ettim. Evet, Bay Doğru sensin, Joel. Ve ben sana âşığım.

Her zaman seni çok sevecek olan,

En yakın arkadaşın,

Clementine

Ertesi gün kampüse gider gitmez, mektubu hiç düşünmeden Joel'in dolabının zarf deliğinden içeri attım. Bu mektuptan sonra en yakın arkadaşımı kaybedebilirdim. Ya da tam tersi olurdu ve hayatımın aşkını kazanabilirdim. Ancak kötü de olsa kesinlik, belirsizlikten her zaman iyiydi.

O gün dersler bitmek bilmiyordu. Hiçbir konuya odaklanamadım. Hatta bir derse girmeyip kantinde oturarak sakinleşmeye çalıştım. Son dersin ardından eşyalarımı topladım. Tam kapıdan çıkarken karşımda Joel'i gördüm. O an heyecandan ölebilirdim.

Joel yavaşça bana doğru yürüyordu. Gözlerinde daha önce hiç görmediğim bir ifadeyle bana bakıyordu. Bana iyice yaklaşıp tam karşımda durdu. "Bugünün hiç gelmeyeceğinden korkuyordum," dedi. "Duyduğum aşkın her zaman tek taraflı olduğunu düşünüp üzülüyordum. Bana asla âşık olmamandan korkuyordum. Ama şimdi görüyorum ki sen de beni, en az benim seni sevdiğim kadar seviyormuşsun. O hâlde hayatının en güzel masalına hazır mısın?"

Her Çocuk Bir Yıldızdır

Çocuklar, göremeyeceğimiz bir zamana gönderdiğimiz, canlı mesajlardır.

Neil Postman

Küçük bir devlet okulunda, özel eğitim sınıfında öğretmenlik yapıyordum. Bu hepimizin aklına gelen öğretmenlikten biraz daha farklıydı. Gerçekten özel ilgiye ihtiyacı olan çocuklarla çalışmak normalin birkaç katı daha yorucuydu.

Sınıfıma en son katılan öğrenci Nicky, dokuz yaşındaydı. Saldırgan tavırlarından ötürü özel eğitim sınıfına yerleştirilmişti. Daha ilk gününde, sınıfa girer girmez gergin bir tavır sergileyen Nicky ile sıkıntılı bir geçiş süreci yaşayacağımızın farkındaydım. Sırasına oturmasıyla birlikte, sağında solunda kim varsa ona sataşmaya ve olur olmaz anlarda bağırmaya başladı. Neredeyse bütün bir haftayı bu şekilde geçirdik.

Bu bir haftalık süreçten sonra Nicky'nin durumunun değişeceğini düşünmüştüm. Çünkü verdiği bu tepkilerin, özel eğitim sınıfına alınmasıyla ilgili olduğuna inanıyordum. Arkadaşlarının arasında 'aptal' olarak görünmektense 'yaramaz' olarak görünmenin daha iyi olacağını düşünüyor diye bir fikre kapılmıştım. Nicky'nin önceki öğretmenleriyle görüşme fırsatı yakaladıktan sonra ise, onunla ilgili başka sıkıntıların olduğuna karar verdim. Eski öğretmenlerinin hepsi onun yaramazlığından, ele avuca sığmazlığından ve garip tavırlarından bahsediyordu. Hatta öğretmenlerinden bir tanesi şu sözleri bile dile getirmişti: "Bu sıralar grip olman aslında senin için iyi bir şey… Nicky gerçekten de çok kötü kokuyor. Onun yanında oturan çocuklar sürekli olarak kokudan şikâyet ettiği için Nicky genelde yalnız oturur. Hemen hemen bütün öğrenciler ona 'kokarca' diyor."

Tüm bu söylenenlerden sonra Nicky'yi yakın gözleme almaya karar verdim. Servis aracının okula giriş yaptığı saatte bir köşede durmuş izliyordum. Nicky servisten inmeye yeltendiğinde önce servis şoförü sonra da görevli öğretmen tarafından azarlandı. "Yavaş insene Nicky! Arkadaşlarına da müsaade et…"

Servisten indikten sonra istikamet ücretsiz kahvaltı servisi yapan yemekhanemizdi. Nicky daha sıradayken önündeki şeylerden yemeye başlamış ve bunun sonucunda da yemekhane görevlisi tarafından azarlanmıştı. "Oğlum önce otursana, sonra yersin!"

Yemeğinin neredeyse tamamını sıradayken bitiren Nicky, masaya geldiğinde arkadaşlarıyla uğraşmaya başlamıştı bu kez de…

Sınıfa girdiğinde arkadaşları onu hoş olmayan sözlerle karşılamıştı: "Kokarca mı geldi?", "Evet evet bir yerden kokusu geliyor, burada olmalı!"

Bütün bu gözlemlerime dayanarak Nicky'nin içindeki kızgınlığın ona gösterilen bu tepkilere bağlı olarak harlanmış olabileceği sonucuna vardım. Eğitim hayatımda aldığım çocuk gelişimi ve psikolojisi derslerini düşündüğümde; bir çocuğun açken, huzursuzken ya da onunla dalga geçilirken bir türlü başarılı olamayacağını biliyordum. Nicky'nin okulda yaşadığı bu sorunlarının kaynağında ailesinin olduğunu düşünerek onlarla en kısa zamanda iletişim kurmam gerektiğine inandım. Çocuklarıyla biraz daha ilgilenmiş olsalardı, Nicky bu durumda olmazdı belki de... Onlarla acilen iletişim kurmalı ve bu çocuğun durumuna bir dur demeliydim.

Aklımda bu düşünceler dönüp dururken öğretmenler odasında girdim. Fikirlerimi diğer öğretmenlerle paylaşıp onlardan destek beklemeye başladığımda homurtular çıktı ortaya. "Sana bol şans," diyen bir öğretmeni duyup ona doğru döndüm. "Nicky'nin ailesi henüz bir kere bile gelmedi bu okula. Onlara defalarca haber gönderdik ancak gelmeyi bir kenara bırak, cevap bile alamadık..."

Bu söylenenleri ölçüp tarttığımda, onlarla görüşebilmenin tek yolunun evlerini ziyaret etmek olduğunu fark ettim. Bunu dile getirdiğimdeyse "Sen çıldırmış olmalısın! Evlerine ziyarete gitmek de ne demek... Bunu rehberlik bölümüne devret ve onlar halletsin..." gibi sözlerle karşılaştım. Ama hiçbir şey beni bu fikrimden vazgeçiremezdi. Nicky'nin yardıma ihtiyacı vardı ve bu yardımın anne babasından geleceğini umarak onlarla görüşmem gerekliydi.

Sınıfa gidince, Nicky'ye müdürün odasına gitmesini ve oradan evi arayarak geleceğimi bildirmesini istedim. Nicky bu durumdan memnun olmuşa benzemiyordu. "Bayan Eva, gelin ama umarım köpeklerimiz sizin çırpı kollarınızı kapmaz..." dedi.

"Haydi git ve evini arayıp haber ver. Çırpı kollarıma ben dikkat ederim," diyerek cevapladım onu.

Nicky'nin evi merkezden oldukça uzaktı. Okulun servisiyle gidip gelen Nicky'ye bugün ben de eşlik ediyordum. Yol uzadıkça uzadı ancak yıkık dökük bir evin önüne geldiğinde durdu servis. Evde sularının düzenli akmadığını ve banyolarının harabeye benzediğini daha önceki öğretmenlerin fısıldaşmaları arasında duymuştum. Nicky hemen kardeşlerinin yanına bahçeye koştu. Çantasını bir kenara fırlatıp onlarla oynamaya başlamıştı çoktan.

Kapının önünde büyükanne oturuyordu. Nicky'nin babası ise hemen girişte, ellerini önünde birleştirmiş bir hâlde beni bekliyordu. Ben buraya anne ve babayla tartışıp onlara çocuğun durumuna göz yumdukları için bağırmaya gelmiştim. Ancak şimdi babanın bu hâlini görünce, elinden gelenin en iyisini yaptığına ikna olmuştum bile.

İster istemez tutumum değişmişti. Aileye karşı hazırladığım konuşma artık duruma uygun değildi. O yüzden zihnimi berraklaştırıp farklı bir noktadan derdimi anlatmam gerekiyordu.

"Beyefendi, sizinle oğlunuz Nicky hakkında görüşmem gereken bir şeyler var," diyerek girdim söze. "Onun şimdiye kadar ilgilendiğim öğrencilerden çok farklı olduğunu düşünüyorum. Oğlunuz gerçekten çok zeki. Ama okulumuzda aldıklarının onun için yeterli olmadığına inanıyorum ve ona yardım etmek istiyorum."

Nicky'nin babası mahcup gözlerle söze başladı: "Bakın Bayan Eva... Oğluma yardım etmek niyetindeyseniz, istediğiniz her şeyi yapabilirsiniz. Şu ana kadar, buraya hiçbir öğretmeni yardım etmek için gelmedi. Birçok öğretmeni oldu ve her biri eve defalarca notlar gönderdi. Ancak ben okuma yazması çok iyi olan biri değilim. Ve bunların neler olduğunu sormak için okula gelme vaktim de olmadı. Eşim öldüğünden beri bütün çocuklarımla annemle ben ilgileniyoruz. Ama onun durumunu da görüyorsunuz..."

"Efendim sanırım evinizde su yok. Ama okulun yatılı bölümünde mevcut. İzniniz olursa eğer, Nicky'ye orada banyo yaptırabilirim."

"Elbette, bu çok güzel olur."

"Yurt kısmında çamaşır makinesi de var. Nicky'ye orada giyeceklerini nasıl yıkaması gerektiğini de öğretsem olur mu?"

"Tabii, tabii. Ona istediğinizi öğretebilirsiniz."

"Benimle konuşmaya zaman ayırdığınız için çok teşekkür ederim. Oğlunuza yardımcı olabilmek adına elimden ne geliyorsa yapacağım."

"Asıl ben teşekkür ederim size. Şimdiye kadar kimse bizi ziyarete gelmemişti. Nicky aslında çok iyi bir çocuktur. Sizin yardımlarınızla bir yıldız gibi parlayacağından eminim."

O gün birkaç saatimi ayırıp o aileyi ziyarete gitmem hayatımda büyük bir değişiklik yarattı. Muhtemelen ilkokulu bitirmemiş bir baba, bizim birçok öğretmenimizden daha anlayışlı ve daha bilgeydi. Nicky birkaç senedir bu okuldaydı ama hiçbir öğretmenin aklına sorunun temeline inip bu çocuğun derdini çözmeye çalışmak gelmemişti. Onu öylece kabullenip, itip kakmışlardı. Hiç kimse Nicky'nin içindeki parlamaya hazır yıldızı görmemişti. Babası hariç tabii ki… Ben de oğluyla ilgilenmediğini düşünmüştüm, ne yazık…

Ertesi gün olduğunda, ben yine Nicky'yi izlemek üzere bahçedeyim. O gün servisten hiçbir sıkıntı çıkarmadan indi. Henüz sıradayken atıştırmaya bayıldığı kahvaltıyı da es geçerek sınıfa girdi. Onunla alay etmek için bekleyen arkadaşlarını umursamadı ve onlarla konuşmaya başladı: "Hepiniz gözünüzü açık tutun! Bayan Eva her an evinize gelip babanızla konuşabilir! Ve ona sizin bir yıldız olduğunuzu söyleyebilir. Ben artık bir yıldızım! Kokarca değilim!"

O günden sonra Nicky'nin farklı bir çocuğa dönüşümünü izledim. Ona banyo yapmayı ve çamaşırlarını yıkamayı öğrettim.

Sonraki zamanlarda aklıma bir fikir daha geldi ve Nicky gibi diğer öğrencilerimde de bir değişiklik yaratabileceğimi umdum. Yemekhanedeki görevlilerle konuşup onlardan benim sınıfım içeri girdiğinde "İşte yıldızlar geliyor!" demelerini rica ettim. Hoşgörüyle kabul ettiler bu isteğimi. Ayrıca kalan yemekleri Nicky'nin kardeşleri için onunla birlikte eve gönderebileceklerini de söylediler, bu durum beni çok mutlu etmişti.

Öğretmenler toplantısı vakti geldiğinde, yemekhanede başlattığım 'yıldızlar' fikrini onlarla da paylaştım. İlk duyduklarında karşı çıktılar ancak bu fikri yemekhanede uyguladığımı ve olumlu sonuçlar aldığımı onlarla paylaşınca bana yardımcı olmaya karar verdiler. Böylece öğrencilerimde çarpıcı değişimler görmeye başladık.

Nicky'nin babası sayesinde, bütün öğrencilerimi birer yıldız gibi görmeyi öğrendim. O adam, elindeki tüm imkânları kullanarak çocuklarının ışıldaması için uğraşıyordu. Ben de ona katılarak buna yardımcı olmaya başladım ve beraberimde okul halkını da getirmiş oldum. Anne babaların öğretmenlerle olan iş birliğinin işte burada can alıcı bir görevi olduğunu da anlamış oldum. Bütün öğrencilerimi bir yıldız gibi görmeye devam edeceğim eğitim öğretim hayatımda, ışıltılarını görmek beni hep mutlu edecek.

Kaderin sizi bağladığı
şeyleri kabul edin ve
kaderin sizi birleştirdiği
kişileri sevin, ancak bunu
tüm kalbinizle yapın.

Marcus Aurelius

Mektuplaşmalar

Dileklerinizin peşini bırakmamalısınız. Siz, bir düşünüzün peşinden gitmeye başlar başlamaz, hayatınız uyanışa geçip canlanacak ve her şey anlam kazanmaya başlayacak.

Barbara Sher

1964 yılının bahar aylarında, Jason ile birlikte askerlik görevimizi yerine getiriyorduk. Başlarda, farklı alanlarda görevlendirilmemize rağmen son zamanlardaki yeni görevimizde sürekli beraber çalışır olmuştuk. Böylece iyi anlaşmaya ve çokça vakit geçirmeye başladık.

Dışa dönük bir insan olan Jason, büyüdüğü yerle ilgili neşeli hikâyeleri ve ailesinde geçen komik olayları anlatırdı. Odasında, yatağının başucunda duran aile fotoğraflarında kız kardeşini görmüştüm. Oldukça güzel bir kızdı, dikkatimi çekmişti.

Jason'ın anlattıklarından çıkardığım kadarıyla, hâli vakti yerinde olan birçok beyefendinin ilgisini üzerinde toplamayı da başarmıştı. Bu durum benim onunla tanışmak için duyduğum hevesi kamçılıyordu. Ancak yaşadığımız yerler arasındaki mesafe çok fazlaydı. Bu mesafe, bir kızla sevgili olabilmek için hiç de uygun değildi.

Tüm bu düşündüklerime rağmen cesaretimi topladım ve Jason'a, kardeşine bir mektup yazıp yazamayacağımı sordum. Bu soruma çok şaşırsa da bana adresi verdi ve bol şans diledi. Onun bana bir cevap verebilmesi için neler yazabileceğimi uzun uzun düşünmeye başladım. Çok sıradan bir şeymiş gibi "Haydi seninle mektup arkadaşı olalım," demenin benim adıma olumlu bir sonuç ortaya çıkarmayacağının farkındaydım. Onu merak ettirmeli ve bana cevaben bir şeyler yazmasını sağlamalıydım... Uzunca düşündükten sonra şu satırları karaladım:

Sevgili Johanna,

Ben askerdeki ağabeyiniz Jason'ın bir arkadaşıyım. Bir an önce konuya girmek istiyorum. Yaşanan bazı durumlar sonucunda ağabeyinize bir miktar para borçlandım. Kız kardeşiyle evlenirsem ona olan borcumu kapatabileceğini söyledi. Anlattıklarına göre, aileniz uzunca bir süredir sizi evlendirmeye çalışıyormuş... Bu konuda başarılı olamamaları, derin bir üzüntü yaşatıyormuş herkese... Ben de çocuk sahibi olabilecek yaşta, sağlıklı, eli yüzü düzgün, çalışkan ve akıllı bir kadın arıyorum. Ağabeyinizin anlattıklarına bakılırsa siz bu kriterleri karşılayabilecek gibi görünüyorsunuz. Ben de tüm bunları düşünerek ağabeyinizin teklifini kabul ettim. Yani kısacası, sizinle evleneceğim. Kendinizi bundan böyle nişanlı bir kadın olarak görebilirsiniz!

Zarfın içinde, geçici bir nişan yüzüğü olarak kabul edebileceğiniz yüzüğünüzü (ince bir paket lastiği) bulabilirsiniz. Gururla takın lütfen! Yakın tarihteki evliliğimizle, geleceğimizle ya da benimle ilgili merak ettiğiniz bir şey varsa sormaktan çekinmeyin. Kısa bir süre sonra askerliğimi tamamlamış olacağım. Benim terhis tarihimden itibaren, düğün için günü belirleyebiliriz.

Gelecekteki sevgiliniz eşiniz,

Thomas.

Bu yazdıklarıma bir cevap alıp alamayacağımdan emin değildim ama belki de yüzünde bir tebessüm oluşacaktı. Belki de mektubu çöpe fırlatırken, "Ağabeyimin ne kadar da deli arkadaşları var. Adresimi böyle biriyle nasıl paylaştı?" diyecekti. Bir yandan da, eğer cevap yazarsa işin ne kadar da eğlenceli bir hâl alabileceğini düşünüyordum.

Bir hafta sonra, mis kokulu bir mektup elime ulaştı. Mektup tam olarak şu şekildeydi:

Sevgili Thomas,

Mektubunuz beni çok ama çok şaşırttı. Ağabeyimin beni evde kalmaktan kurtaracak birini bulmasına nasıl sevindim, anlatamam... Geçici nişan yüzüğümü gururla parmağımda taşımaya hazırken, zarfın içine elimi attım ve bunun kenar mahalle bakkallarında bulunan, öylesine bir paket lastiği olduğunu fark ettim. Evliliğimin ağabeyim tarafından planlanıyor oluşuna hiç mi hiç üzülmüyorum ancak bunun da bir kalitesi olmalı. Planlanmış nişanlılık durumumuz hakkında birkaç şeyi netleştirmek istiyorum. Benim yıllardır alışık olduğum düzeni koruyor olabilecek duruma sahip olduğuna inanıyorum. Demek istediğim, ev işleriyle ilgilenip ütüyü yapacak ve ayrıca bahçeyle ilgilenecek birkaç kişiye ihtiyacımız olacak. Bu konuları tam olarak netleştirene kadar düğün tarihimizi kararlaştırmayı ertelemeyi öneriyorum.

Cevabınızı hızla çarpan kalbimle bekliyor olacağım,

Johanna...

Bana meydan okumak ha! Peki... İşte bu çok güzel oldu. Hevesle, hemen cevabımı yazdım:

Müstakbel eşime,

Evlilik teklifimi kabul etmiş olmana çok sevindim. Artık gelecek planlarımızı yapmaya başlayabiliriz tabii ki... Her şeyden önce, gönderdiğim paket lastiğini ucuz bulmanı tamamıyla anladığımı belirtmek istiyorum. Gerçekten oldukça haklısın. İşte bu yüzden, bu mektubumla birlikte sana oldukça pahalı bir yerden aldığım gömleğin ambalajıyla birlikte gelen paket lastiğini gönderiyorum. Senin gibi standartlarda olan bir kıza yaraşacağını düşünüyorum... Umarım artık bunu gururla takarsın!

İstediğin hizmetçi, aşçı ve bahçıvan gibi yardımcıları sağlamak konusunda hiçbir sıkıntı çekmeyeceğimi sana bildirmek isterim. Anlayacağın üzere ailem ile oturacağımız için bunların hiçbiri sorun olmayacaktır. Yakında kendi gözlerinle de tanık olacaksın zaten... Annem harika bir aşçıdır. Evi de her zaman tertipli ve düzenli tutma konusunda tahmin edemeyeceğin kadar özverilidir. Babam ise bahçedeki çimleri her daim çok düzgün şekillendirdiğiyle ilgili gururlanıp durur. Evin neresine tamirat gerektirecek bir iş olsa, kendi halletmeyi tercih eder.

Annemin önlük gibi bir şey giymesini istiyorsan, güzel bir dille anlattığımız takdirde hayır diyeceğini sanmıyorum. Sanırım bu düzenlemelerle senin isteklerini de yerine getirmiş oluruz.

Yalnız, son gönderdiğin mektupta benim kafama takılan bir şey var... "Cevabınızı hızla çarpan kalbimle bekliyor olacağım," demişsiniz. Burada kastettiğin şey kalp ritminde bir anormallik olduğu mu? Yoksa daha başka bir sorunun mu var? Ağabeyin bana senin sağlık durumunun iyi olduğunu söylemişti. Evlenmeden önce bunu bilmek istiyorum... Şimdiki zamanda insanlara pek güven olmuyor takdir edersin ki...

Bir de aklıma gelmişken, bende bir fotoğrafın bile yok. Lütfen en kısa zamanda bir tane gönder.

Gelecekteki sevgili eşin,

Thomas.

Johanna'nın cevabı üç hafta sonra elime geçti:

Pek sevgili Thomas,

Ailenle yaşayacak olmamıza dair düzenlemelerin beni gerçekten de çok duygulandırdı. İlerideki her bir detayı böylesine incelikle düşünmüş olmana hayran kaldım. Ah! Ne kadar da şanslı bir kadınım ben... Eğer ayarlamış olduğun başka şeyler de varsa bunları da öğrenmek isterim mutlaka...

Bir önceki mektubun sonunda yazdığım cümle yüzünden kafanda beliren soruları cevaplandırayım... Herhangi bir kalp rahatsızlığım yok, merak etme. Göreceksin, oldukça sağlıklıyım... Ancak senin mektuplarına cevap vermeyi sürdürürsem kafama bir baktırmam gerekecek sanırım.

Üzgünüm ki tek başına olduğum bir fotoğraf yok ancak erkek arkadaşlarımla çekilmiş birkaç tane var. Ancak düşündüm de, onları da sana göndermek pek uygun olmayabilir... Bu nedenle sana fotoğraf yollamıyorum. Anlayışla karşılayacağına dair hiçbir şüphem yok. 'Dış güzellik değil, önemli olan iç güzelliktir!' diye düşünenlerden olduğunu sanıyorum.

Nefesimi tutarak cevabını bekliyor olacağım,

Johanna

Acaba bu son mektuba nasıl bir cevap yazmalı? Bu kez yazacaklarım için uzun uzun düşündüm ve işte bu satırları karaladım:

Çok sevgili Johanna,

Senden en son aldığım mektupta, benim geleceğe dair başka planlarım olup olmadığını sormuşsun. Elbette ki var!

Sana eskiden okuduğum birkaç satırla bunları özetlemek isterim:

"Bir kadın, işini severek yapar.

Henüz gün uyanmadan uyanır...

Ev halkına iyi bakar

Ve kocasının saygı görmesini sağlar..."

Açıkçası eskiden söylenilmiş bu sözlerin şimdiye uyarlanması taraftarıyım. Ne söylenilmek istediği de gayet açık bence, sence de öyle değil mi? Sen de benimle birlikte çalışacak ve bunu çok seveceksin! Şimdi kabul et bakalım. Tüm bunlar senin de ilerideki hayatın için düşlediğin şeyler, değil mi?

Fotoğraf konusunda yeterince açık olamadım sanırım. Sana bir fotoğrafını gönderme konusunda bir seçenek sunmuyorum, göndermeni istiyorum. Aramızda nikâhın henüz olmaması beni eşin olarak görmeni engelleyemez. Ve kadınlar eşlerinin dediklerini yapmalıdır. Fotoğrafını bir sonraki mektubunla beraber bekliyorum!

Son bir şey daha... Son mektubunu "Nefesimi tutarak cevabını bekliyor olacağım," diyerek bitirmişsin. Kalp rahatsızlığın olmadığını söyledin ama bu bir ciğer hastalığın olduğu anlamına mı geliyor? Haberlerini heyecanla bekliyorum,

Gelecekteki sevgili eşin,

Thomas.

Birkaç hafta kadar sonra, içinde bir fotoğraf çerçevesinin olduğu anlaşılan bir kutu elime ulaştı. Kutudan, içinde beş yaşlarında bir kız çocuğunun fotoğrafının olduğu bir çerçeve çıktı. Fotoğraftaki küçük kız ağzını kocaman açmış, gülümsüyordu. Fırfırlı kocaman elbisesinin eteklerini tutup poz vermişti. Kafasındaki kurdele, saçlarını toplamış, onların gözünün üzerine düşmesini engellemişti. Johanna gönderdiği bu fotoğrafla beni şaşırtmayı başarmıştı işte. Bu gönderiye karşı nasıl bir cevap vereceğimi düşünmem uzun zamanımı aldı.

Müstakbel eşim, sevgili Johanna,

Bana gönderdiğin kutunun, sağlam bir şekilde elime ulaştığını bildirmek için sana kısacık bir mektup yazmak istedim. Sen benim söylediklerime bu şekilde uyduğun sürece, ilişkimizde hiçbir sıkıntı yaşayacağımızı düşünmüyorum. Fakat yine de, gönderdiğin fotoğrafın beni çok şaşırttığını söylemeden edemeyeceğim. Bana yazdıklarını göz önünde bulundurursak, gönderdiğin fotoğrafta beklediğimden çok daha olgunsun. Sanırım ilişki içinde birbirini şaşırtıyor olmak da büyük marifet gerektiren bir şey...

Bu arada, aklıma daha önce hiç konuşmadığımız bir konu geldi. Evlendiğimizde, baba evinden çeyiz olarak neleri getirebileceğini bana listele lütfen...

Gelecekteki eşin,

Thomas.

Son gönderdiğim bu mektubun üzerinden haftalar geçmesine rağmen Johanna'dan bir cevap alamamıştım. Acaba çok mu ileri gitmiştim? Yazdıklarıma alınmış mıydı? Uzaktan bakıldığında eğlenceli bir vakit geçirme gibi görünse de aramızda içten içe bir şeylerin başladığını hissediyordum. Bir an önce onunla tanışmak istiyordum. Onun da aynı hislerde olduğunu düşünüyordum.

Çok geçmeden Jason bana Johanna'dan bir mektup aldığını ve kız kardeşini çok öncelerden beri istediği gibi manastıra girmek üzere olduğunu söyledi. Ağabeyine, bana hoşça kal demesini tembihlemişti. Benimle mektuplaşmaktan çok keyif aldığını ve tanışamamış olduğumuz için derin bir üzüntü duyduğunu eklemişti. Acaba benim mektuplarımdan sonra bu kararı alması hızlandı mı diye düşünmekten kendimi alamıyordum.

Bir süre sonra askerliğimi tamamlayıp yuvama dönmüştüm. Jason, benden sonra bir süre daha askerliğine devam etti. Altı ay kadar sonra Jason'ın terhisini kutlamak ve hafta sonunu beraber geçirmek için onların yaşadığı yere gitmeye karar verdim. Mektuplarında sık sık beni yanına çağırmıştı ve son mektubundaki şu cümle gitme kararı almamı sağladı: "Gelirsen eski bir rahibeyle de tanışma şansın olabilir..." Buna nasıl karşı koyabilirdim? Hemen o hafta sonuna planımı yaptım ve işte yanlarındaydım. Ve mektup arkadaşımla sonunda tanıştım.

Otuz beşinci evlilik yıl dönümümüzü kutlamak üzereyiz ve hayatımızda birçok güzel şey oldu. Ama en güzelleri, vitrinde çerçevelenmiş bir şekilde duran mektuplarımızdı.

Yaşamı boyunca bir insanın başına gelebilecek en muhteşem şey, yıllar geçtikçe ilişkisinin olumlu bir derinliğe kavuştuğu, neşe ve güzellik kattığı bir kişiyle bir araya gelmesidir. Bu iki kişi arasında sürekli gelişen sevgi, olabilecek en harikulâde şeydir. Arayarak bulunmaz. Ya da çok istediğiniz için karşınıza çıkmaz. Bu bir şekilde meydana gelen mucizevî bir kazadır.

Sir Hugh Walpole

Mikser

Mükemmel evlilik, mükemmel bir çiftin bir araya gelmesiyle olmaz. Mükemmel olmayan bir çiftin bir araya gelerek farklılıklarının tadını çıkarmasıyla olur.

Dave Meurer

Bütün insanların zayıflığı ortaktır: Sevdikleri kişiler hâlâ hayattayken onları sevdiklerini söylememek...

Orlando A. Battista

Bir arkadaşımın daha düğün davetiyesi geliyor ve ben herkese aldığım düğün hediyesini almak için dışarı çıkıyorum. Ne mi bu hediye? Bir mikser, yani çırpıcı.

İnsanlara düğün hediyesi olarak mikser almam kulağa tuhaf gelebilir hatta kolaya kaçmak olarak düşünülebilir. Ancak bunun bir sebebi var ve bu sebep, çocukluğuma dayanıyor.

Küçükken annemi sık sık kek karıştırırken görürdüm. "Bunda tuhaf ne var?" dediğinizi duyar gibiyim. Annem genellikle kek yaparken başlarda çok gergin gözükürdü. Sinirle çırptığı kek karışımının kaptan sıçrayacağını zannederdim. Ancak bir süre sonra annem sakinleşir, mutlu bir şekilde keki pişirmeye koyulurdu. O zamanki yaşımla buna bir anlam veremezdim, o mükemmel kekleri yerken de annemin neden o kadar gergin olduğunu sormayı unuturdum açıkçası.

Keklerin sırrını ise evlendiğim gün öğrendim. Annem bana düğün hediyesi olarak bir mikser almıştı. Açıkçası bu biraz zoruma gitmişti. Yanlış anlaşılmasın, pahalı şeylerde asla gözüm olmamıştır ama annemden daha "özel" bir düğün hediyesi beklediğimden, biraz hayal kırıklığına uğramıştım. Yine de kibarca teşekkür edip onu öptüm.

Annem, "Gel, hazırlıklara başlamadan önce biraz oturalım," dedikten sonra koltuğa oturdu. Ben de merakla yanına oturdum. Ellerimi ellerinin arasına alıp konuşmaya başladı. "Belki hatırlarsın, sen daha ufak bir çocukken sık sık kek yapardım. Bana şaşkın şaşkın bakar ama ne olduğunu anlayamadığın için soramazdın da. Kek yaptığım zamanlarda genelde babanla bir sorun yaşamış olurduk. O zamanlar restoranlara gidip barışma ya da kutlama yemekleri yemek çok lüks olduğu için ben de babanla aramızı düzeltmek için yapabildiğim en iyi şeyi, yani o kekleri yapardım. O anki sinirle birbirimize kötü bir şey söylememek için hemen mutfağa gider, kek çırparak üzerimdeki siniri atardım. Hatta bir keresinde babanı da mutfakta kek yapmaya çalışırken yakaladığımda dayanamayıp kahkahayı patlatmıştım. İşte, sana bir mikser almamın sebebi bu, kızım. Evlilik dışarıdan bakıldığında kolay gibi gözükse de aslında hiç kolay değildir. Karşılıklı sevgi, saygı ve anlayışa dayanır. Eğer aranızdaki sorunları çözmek için bir yol bulamazsanız en ufak problemde dağılıverirsiniz. Biz babanla kek yapma yöntemini bulduk. Siz de illa kek yapacaksınız diye bir şey yok. Mikser sadece temsili bir şey. Bizim evliliğimizin en büyük dayanağı o dönemlerde kullandığımız çırpma teliydi. Şimdi de mikser kullanıyoruz. Araç değişse de amaç aynı kaldığı sürece gerisi önemsiz. Sizin de amacınız birbirinizi kırmamak ve her daim sevmek olsun güzel kızım. Umarım çok mutlu olursun."

O günün üzerinden beş yıl geçti ve ben, eşimle bir sorun yaşadığımda sakinleşene kadar mutfakta kalıp bir şeyler yapıyorum. Başta annemin hediyesini beğenmediğim için hâlâ daha pişmanlık duyduğum olur. Çünkü sonrasında, aslında bana mutlu bir evlilik hayatı hediye ettiğini fark ettim. İşte bu yüzden ben de sevdiklerime düğün hediyesi olarak bir mikser alıp onlara annemle babamın hikâyesini anlatıyorum.

Bir Miniği Yüreklendirmek

Yeryüzünde barışı sağlayacak sihirli değnek analarla öğretmenlerin elindedir. Eğitim demek, vücutta ve ruhtaki güzelliği ve mükemmelliği son mertebesine kadar geliştirmek demektir.

Platon

Mezuniyetimden sonraki ilk görev yerimde işe başlamıştım. Öğretmenliğe duyduğum sevgi içime sığmıyor âdeta taşıyordu. Mükemmel bir izlenim bırakmak ve takdir görmek istiyordum. Beş yaş grubu bana verilmişti. Minik öğrencilerimle tanışmak için sabırsızlanıyordum.

İlk gün sınıftan içeriye girdiğimde, anne ve babalarının ellerine sıkı sıkıya yapışmış on beş kadar çocuk beni bekliyordu. Her birinin gerginliğini almak bana kalıyordu ve ben buna hazırdım!

Bütün ailelerin dikkatini üzerime toplayarak çocuklarına oyun halısında bir yer seçmelerini ve onları oraya bırakıp dışarıya çıkmalarını güler yüzle söyledim. Sonunda çocukların hepsi oyun halısında yerlerini almıştı. Sabah oyununa başlamaya hazırdık artık.

'Küçük Kurbağa' şarkısının eğlenceli bir kısmındayken, sınıfımıza gizemli bir kadın adımını attı. Kapının yanında durup beni ve çocukları sessizce izlemeye başladı. Yüzümdeki gülümsemeyi düşürmemeyi başarıyordum ama itiraf etmeliyim ki çok heyecanlanmıştım. Kadının kim olduğuna dair hiçbir fikrim yoktu. Neden kapıdan sessizce süzülüp orada durmuş bizi izliyordu? Neyi gözlemlemeye çalışıyordu? Çocuklarla ilgilenirken bir yandan da bunları düşünmek bir anda yorgun hissettirmişti bana. Kafamı çevirip kadına tekrar bakmak istediğimde ise orada değildi. O anda bu duruma takılmamam gerektiğini düşünüp çocuklarla ilgilenmeye geri döndüm.

İlk günün sonunda anne babalar çocuklarını alırken keyfim yerindeydi. Sorunsuz bir gün geçirmiştim ancak yorgunluktan ölmek üzereydim. Bir an önce eve gidip bir şeyler atıştırmak sonra da yatağıma kıvrılmak istiyordum. Ben bu güzel hayallerle tebessüm edecekken, müdür sınıfa girdi ve çıkmadan önce benimle görüşmek istediğini söyledi.

Ürkek adımlarla müdürün odasına doğru ilerlerken aklımdan bin türlü şey geçiyordu. Acaba bu durumun sınıfı izlemeye gelen kadınla bir alakası var mıydı? Müfettiş miydi o kadın acaba? Yanlış bir oyun tercihi mi yapmıştım? Oyun halısında çok uzun süre mi geçirmiştim? Aklımda uçuşan bu sorular eşliğinde müdürün odasına adımımı attım. Müdürün masasının önündeki koltuğa ilişip işiteceklerimi beklemeye başladım.

Müdürün yüzüne sakin bir tebessüm yerleştiğinde ben de biraz rahatladım. Bu sabah sınıfıma gelen kadının, çocuğunu okula kaydettirmek isteyen bir anne olduğunu söyledi. Oğlunun normal bir sınıfta olup olamayacağını merak ediyor, bilinçlenmeye çalışıyordu. Küçük çocuğun doğuştan engeli vardı. Dizlerinden ayak bileklerine kadar olan bu engel yüzünden bir bağ kullanmak zorundaydı. Yürüyebiliyordu ancak oldukça yavaş ve hassas adımlarla gerçekleşiyordu bu. Bu küçük oğlan yürüdüğünde dengesini sağlayamıyordu, ufacık bir esintiden bile etkilenebiliyordu. Eğer okula başlarsa, öğretmeninin onu kapıdan sınıfa, sınıftan da arka bahçeye taşıması gerekecekti. Sınıftaki diğer çocukları bu konuda uyarmak da bir başka konuydu.

Müdür tüm bunları açıkladıktan sonra benim fikirlerimi öğrenmek istedi. Bütün bu duyduklarım bir anda çok fazla gelmişti, ne diyeceğimi bilemedim. Bu büyük bir sorumluluktu. Ben bu kasabanın bıcır bıcır on beş çocuğuyla bütün bir seneyi nasıl dolduracağımı düşünürken, şimdi karşımda özel ihtiyaçları olan bir çocuk vardı. Onu sınıfıma almam ve normalin kat kat üzerinde bir dikkatle onu sahiplenmem gerekiyordu. Kısa bir deneme süresi koyarak çocuğun durumunu gözlemleyebileceğimi bildirdim müdüre.

Eve döndüğümde bir şeyler atıştırıp yatağıma koştum ancak bir türlü gözüme uyku girmiyordu. Bütün gece tavanı izledim.

Sabah evden çıkmadan önce aynaya baktığımda gözlerimdeki yorgunluğu fark ettim ancak yola koyulmak zorundaydım. Sınıfa girdiğimde bütün çocuklar oyun halısındaki yerlerini almıştı. Tam sabah şarkımıza başlamak üzereyken kapı aralandı ve dünkü kadın kucağında oğluyla içeriye adımını attı. Kendini ve Chris'i bize kısaca tanıttı ve oğlunu oyun halısının bir ucuna yerleştirdi. Küçük bir kasaba olması sebebiyle çocukların hepsi Chris'i tanıyordu. Onu, yüzlerindeki sıcacık gülümsemelerle karşılamışlardı. Chris'in gözleri ise bir yabancı olarak algıladığı bendeydi. "Sınıfımıza hoş geldin Chris. Burada bizimle birlikte olacağın için çok heyecanlıyız," diyerek onu bir nebze de olsa rahatlatmaya çalıştım.

Chris'in okuldaki ilk günü beklenenden iyi geçti. Yürümeye çalıştığı anlarda yalnızca bir iki kere düştü. İlk bir haftasında onu arka bahçeye, oyun alanına ben taşıdım. Hafta sonu evde oturup bütün hafta yaşananları düşünürken, "Neden Chris'i oyun alanına kendi kendine gidebilmesi için yüreklendirmiyorum ki?" dedim kendi kendime. Pazartesi ilk işim Chris'e bunu isteyip istemediğini sormak oldu. Çok istediğini söyleyince ben de daha çok heveslenmiştim. O gün bütün sınıfı yardımcı öğretmenle birlikte arka bahçeye gönderdim ve ben Chris'le baş başa kaldım ve Chris koridordaki ilk yolculuğuna çıkmış oldu.

Sınıfın kapısından bahçeye doğru olan iki üç metrelik yolu kendi başına gidebilmeyi başarmıştı. Ona yeteri kadar zaman verildiğinde, acele ettirilmediğinde rahatça adımlayabiliyordu koridoru. İkimiz de çok heyecanlıydık. Bir şeyleri başarabilmenin mutluluğunu gözlerinden okuyabiliyordum. Yardımcım olan diğer öğretmen ise bunun onu zorlamak olacağını düşünüyordu. Onun fikrine göre, Chris'i kucağıma almalı, bahçeye çıkarmalı ve çocukların oyununu izleyip vakit geçirmesini sağlamalıydım. Ama bence bu, kolay olan yolu seçmek demekti. Bir çocuğu kucağına alıp bahçeye taşımakta düşünülecek bir şey yoktu ki… Önemli olan onun da bir şeyler yapmasını sağlamaktı. Hem Chris bu konuda beklediğimin çok üzerinde bir azim gösteriyordu. Yüreklendirilmek onun keyfini yerine getirmişti.

Böylece aramızda gizli bir anlaşma yapmış gibi, her gün arka bahçeye çıkmadan önce koridorda yürümeye başladık. Chris için bu zaman zaman yorucu olabiliyordu. Bazen düşecek gibi olduğunda telaşla ona doğru atılıyordum ancak bana içimi ısıtan bir gülümsemeyle bakıp bir sorun olmadığını söylüyordu. Koridorda birlikte geçirdiğimiz bu kısa zaman dilimleri ikimizin de neşesine neşe katıyordu. Gerektiği zamanlarda hemen Chris'in dibinde bitiyor ve ona yardımcı oluyordum. Chris'in yüzündeki gülümseme, tökezlediği zamanlarda bile kaybolmuyordu. Kendini çok iyi hissettiğini dillendirip duruyordu.

Chris ile koridordaki yürüyüşlerimize bir günü bile aksatmadan devam ettik. Sınıftaki diğer çocuklar da Chris'teki gelişmenin farkındaydı. Bahçenin kapısını açıp içeriye adım attığında onu alkışlarla karşılıyorlardı. Sıkıca birbirlerine sarılıyor ve her günü ayrı bir kutlamaya çeviriyorlardı. Yardımcı öğretmen de pes etmeden bu yürüyüşlere devam etmemize şaşırıyordu.

Günler ilerledikçe, Chris bahçede daha özgür bir şekilde hareket etmeye başladı. Artık onu bahçeye taşımamız gerekmiyordu kesinlikle.

Kasım ayının sonlarına geldiğimizde, Chris birkaç gün üst üste okula gelmedi. Bu durumun sebebini öğrenmeye çalıştığımda, onun yıllık muayeneleri gereği şehre gittiğini ve bir süre burada olmayacağını öğrendim.

Bir hafta sonra pazartesi günü annesi Chris'i okula getirdiğinde bana Chris ile ilgili değişik bir şey yapıp yapmadığımı sordu. Ne demek istediğini anlayamamış biraz da gerilmiştim. Hemen ardından duymaktan çekindiğim soruyu sordu: "Chris'i yürümeye zorladınız mı?"

Boşluğuma denk gelmişti ve gözlerim donuk bir hâl almıştı birden. Belki de Chris'i her gün bahçeye yürümesi için yüreklendirmem büyük bir hataydı. Belki de onun durumuna negatif bir etkisi olmuştu... Onu zorlamış ve tedavisini olumsuz yönde etkilemiş olabilirdim.

Chris'in annesini karşıma aldım ve okula başladıktan sonra bu ana kadar olan zaman diliminde Chris'i bahçeye kadar yürümesi adına nasıl yüreklendirdiğimi kibar bir dille anlattım. Niyetim kötü değildi sonuçta. Benimle ilgili olumsuz bir düşünceye sahip olmasını istemiyordum. Kendi başına yürüyebiliyor olmanın onda yarattığı mutluluğu ilettim annesine.

Chris'in annesi penceredeki tülü çekti ve bahçedeki

bankta tek başına oturmakta olan oğlunu işaret etti bana. "Chris'in dizinden başlayan bağlar artık sadece bileklerinde olacak. Son birkaç ay içinde önceki yıllara göre çok daha fazla gelişme göstermiş. Çünkü bu birkaç ayda çok daha fazla alıştırma yapmış... Oğlum için yaptığınız her şey için minnettarım. Çok teşekkür ederim..."

Chris'in annesi gözyaşları içinde sarsılıyordu. Gidip ona sarıldım ve "Chris'in benim öğrencim olması, benim için mükemmel bir şey. Ondan o kadar çok şey öğreniyorum ki... Bana güvenerek onu okula yazdırdığınız için ben teşekkür ederim asıl..." dedim.

İlk öğretmenlik günümün üzerinden geçen yirmi yıldan sonra bile hâlâ Chris'in o koridordaki ilk gününü hatırlayabiliyorum. O günden beri kötü bir gün geçirdiğim her an, Chris'in yüzündeki zafer dolu gülümsemeyi düşünüp hayata tutunuyorum. Chris ile hayatta aşılamayacak bir engelin olmadığını öğrendim. Yalnızca gerçekten istemek gerek... Deneyin. Her gün adım adım ileriye gittiğinizi göreceksiniz.

El Emeği

Üstesinden gelmemiz gereken sorunlar olmasaydı, yaşam denen müthiş deneyimin hiçbir tadı olmazdı. Karanlık vadilerden geçmeyecek olsak, zirveye varmanın keyfini bu denli çıkaramazdık.

Helen Keller

Yaşamla ilgili komik olan şey, en iyisinin dışında bir şeyi kabul etmezseniz genellikle ona ulaşacağınızdır.

Somerset Maugham

Eskiden evlenme yaşı oldukça düşüktü. O yüzden evlendiğimizde 17 yaşındaydım. Kocam ise 18 yaşındaydı. Kocam, bir alüminyum fabrikasının pek çok farklı alanda işçi aradığını öğrendiğinde henüz yeni evliydik ve yeni düzenimize alışmaya çalışıyorduk. İkimiz de işsiz olduğumuz için onun ailesiyle kalıyorduk. Artık bir işe ihtiyacımız olduğundan, bu fırsat bizim için çok değerliydi.

Fabrikanın olduğu yer, yaşadığımız yere iki yüz elli kilometre uzaklıktaydı ve başvurular, fabrikadaki formu doldurarak yapıldığı için Harry, fabrikaya gitmek zorunda kaldı. Evden borç para alarak iş başvurusunu yapmaya gitti. Döndükten iki hafta sonra görüşmeye çağırıldı. Bu da onca yolu tekrar gidip geleceği anlamına geliyordu.

Görüşmeye gidişinin üzerinden bir hafta kadar geçtikten sonra, döküm bölümünde çırak olarak işe başlayabileceği haberini alınca herkes çok sevindi ancak fabrika çok uzakta olduğu için oraya taşınmamız gerektiğini öğrendiğimde elimde olmadan çok üzüldüm. Tüm sevdiklerimizden uzakta, bize tamamen yabancı bir yerde bir başımıza ne yapacaktık? Muhtemelen yaşımdan dolayı ailemden ayrı kalmaktan korkuyordum ama yapacak başka bir şey de yoktu.

Kısa süre içinde, ufak ama içi eşyalı bir daire kiraladık. Ben de evin yakınlarındaki bir markette kasiyer olarak çalışmaya başladım. Ben gündüzleri çalışırken Harry de gece çalışıp sabah eve geliyordu. Bu yüzden birbirimizin yüzünü neredeyse hiç görmüyorduk.

İkimizin maaşı evin kirasına ve giderlerine ancak yetiyordu. Ekstra şeylere harcayabileceğimiz paramız yoktu ama mutluyduk. Çok az paramız olduğu için evli olarak geçireceğimiz ilk Sevgililer Günü'nde birbirimize hediye almak için de paramız yoktu tabii. Bırakın hediyeyi, Harry'ye bir kutlama kartı alacak bile param yoktu ve bu durum beni çok üzüyordu.

Harry, Sevgililer Günü'nden bir gece önce işe gittiğinde onu uğurladıktan sonra uyuyamadım. Ona bir hediye vermek istiyordum ama aklıma bir şey gelmiyordu. Derken kendi kartımı kendim hazırlamaya karar verdim. Renkli kartonum olmadığından bir defter sayfası kullanmak zorunda kaldım. Harry için güzel bir şeyler yazmak için saatlerimi harcadım. Aklımdan bir sürü şey geçmesine rağmen hiçbirini kâğıda dökemiyordum. O gece sabahlayıp kartı bir şekilde bitirdim. Kâğıdı kendimce katlayıp kalp şekline getirdim. Artık hazırdı.

Harry işten gelince kartı ona verecektim çünkü gün içinde bir daha karşılaşamayacaktık. Kartı ona uzatırken yaptığımın çok çocukça olduğunu fark edip utansam da artık çok geçti. Bana muhtemelen kahkahalarla gülecekti. Harry kartı eline alıp yavaşça açarken nefesimi tutup çok fazla rezil olmamayı diledim. Kartta şunlar yazılıydı:

Güzel ve süslü kartlar almaya gücümüz yetmeyebilir belki ama bizi ayırmaya da kimsenin gücü yetmez. Biz birlikte oldukça başka hiçbir şeyin önemi yok. Seni seviyorum.

Harry, kartı okumayı bitirdiğinde kafasını kaldırdı. Bana gülmesini beklerken, gözleri dolu dolu bana bakarak gülümsüyordu. Bana sımsıkı sarıldıktan sonra elini cebine götürdü. Elini çıkarttığında, avucunda bir şey olduğunu fark ettim. Elinde tuttuğu şeyi göstermeden önce bana, bunu gece mola saatinde hazırladığını ama dalga geçmemden korktuğu için vermeye çekindiğini söyledi. Fabrikadaki arkadaşları yaptığı şeyi görünce onunla fazlasıyla dalga geçmişlerdi çünkü.

Elini uzatıp avucuma alüminyumdan bir kalp bıraktı. Meğer ben onun için kalp şeklinde bir kart hazırlamaya çalışırken o da benim için bir kalp yapmaya çalışıyormuş. Bu sefer gözlerin dolma sırası bendeydi. Birbirimize sarılıp birkaç dakika boyunca mutluluk içinde, sessizce ağladık.

O günün üzerinden yıllar geçti. Harry işinde yükselip daha iyi bir maaş almaya başladı. Ben de şehir merkezinde bir mağazada satış görevlisi oldum. Birbirimize pahalı ve güzel hediyeler alsak da hiçbiri birbirimiz için hazırladığımız o kalpler kadar değerli olmadı. Şimdi çocuklarımıza elimizdekilerin değerini bilmek gerektiğini öğretirken o Sevgililer Günü'nde yaşadığımız olayı anlatıp, hâlâ daha sakladığımız kalplerimizi gösteriyorum.

Büyükannemin Battaniyesi

Sevgi harika bir şeydir. Birini sevmek için, bir başkasını sevmekten vazgeçmeniz gerekmez. Herkese verecek kadar sevginiz vardır.

Pamela J. DeRoy

Gecenin geç saatlerinde sıcacık yatağımdan çıkıp büyükannemi bulmak üzere evi dolandığımda daha beş yaşlarındaydım. Büyükannem geç saatlere kadar oturup televizyon izlemeye bayılırdı. Ben de ara sıra pijamalarımla onun odasına süzülür, büyükannem fark etmeden arkasındaki sandalyeye oturur ve ondan habersiz televizyon izlerdim. Fakat o akşam odasına girdiğimde büyükannem orada değildi. Evin diğer bölümlerini de gezmeme rağmen büyükannemi bir türlü bulamamıştım.

Kalbim heyecanla çarparken, "Büyükanne?" diye sesleniyordum. Evde onu arayıp da bulamadığım hiçbir an olmamıştı. Birazcık sakinleşip düşününce onun bir arkadaşının evine yatıya gittiğini hatırladım. Birden içim ferahladı ama yine de gözlerim dolu dolu olmuştu.

Hemen odama koşturup yatağımın içine girdim ve böyle soğuk gecelerde beni sımsıcak tutan battaniyeme sarıldım. Bu battaniyeyi büyükannem daha ben doğmadan örmüştü. Bebekliğimden beri yaz, kış demeden onu yatağımın bir ucunda bulundururdum mutlaka. O gece, "Büyükannem yarın dönmüş olacak," diyerek kendimi sakinleştirdim ve uykuya daldım.

Annem ve babam evlendikten sonra ağabeyim Gary dünyaya gelince, büyükannem bizimle yaşamaya başlamış. Satın aldığımız kocaman evin borçlarının ödenebilmesi için annemin de çalışması gerekiyormuş ve bu sırada ağabeyimi bir bakıcıya emanet etmek yerine büyükannem yanımıza taşınmış.

Okul hayatım boyunca, birçok arkadaşım okul dönüşü boş evlere giriyorlardı. Ben ise çok şanslıydım. Büyükannem ben okuldan dönmeden önce fırına keki koyardı. Ben geldiğimde ise sıcacık bir bardak süt ile üzerinde dumanı tüten bir dilim kek beni bekliyor olurdu. Ben hazırladıklarını atıştırırken mutfakta birlikte otururduk. Okulda o gün yaşadıklarımı ona uzun uzun anlatırdım. Sonra da karşılıklı oturur ya satranç ya domino oynardık. Kendi taktiklerimi oluşturup onu gerçekten yenmeye başlayana kadar hep benim kazanmama izin vermişti.

O yaşlardaki birçok çocuk gibi benim de okulda kötü günler geçirdiğim olurdu. Ya birileriyle kavga ederdim ya da sınavlarım kötü geçerdi bazı zamanlarda... Derdim ne olursa olsun büyükannemin şefkat dolu kollarına atardım kendimi. O beni sarıp sarmalar, bütün kötü hislerimi unutturexcluded bana. İşte bu, harika bir duyguydu. Büyükannemin kollarında sakince uyukladığım zamanlarda sanki her şey düzelmiş gibi gelirdi.

On sekiz yaşındayken, hiçbir şey yolunda gitmemeye başladı. Büyükannem bir kalp krizi geçirmişti ve doktorlar tekrar yanımıza dönecek kadar iyileşeceğine inanmıyorlardı. Kim bilir kaç gece, büyükannemin odasında benim için dua ettiğini bilerek uykuya dalmıştım... Şimdi odası boş kalacaktı. O, soğuk bir hastane yatağında uyuyor olacaktı.

Büyükannem birkaç hafta sonra vefat etti. O gece ve ondan sonraki birçok gecede, yatağımda gözyaşlarımın yanağıma verdiği sıcaklıkla uyuyakaldım. Yine gözlerimin dolu dolu olduğu bir gece, büyükannemin yaptığı battaniyemi yatağımda topladım ve katlayarak anneme götürdüm.

"Büyükannem burada değilken, onunla konuşamıyorken ona bu kadar yakın olmaya alışık değilim, dayanamıyorum..." dedim. Annem battaniyemi benim için kaldırdı. O battaniye, benim bu zamana kadar en çok değer verdiğim eşyaydı.

Büyükannemi çok özlüyordum. Onun güzel gülüşünü, bana verdiği nasihatleri unutamıyordum. Gözlerim her yerde, sürekli olarak onu arıyordu. Ne lise ve üniversite mezuniyetimde ne de beş yıl önce Carmen ile evlenirken yanımda yoktu. Ama yine de ben büyükannemin varlığını her daim içimde hissediyordum. Ve bir gün öyle bir şey oldu ki, onun gerçekten de bütün bu süreç boyunca aslında yanımda olduğunu anladım.

Carmen ile başka bir şehre taşınmamızdan hemen sonra onun hamile olduğunu öğrendik. Hamileliği çok zorlu geçiyordu. Hayatımızın büyük bir kısmını hastanelerde geçirmeye başlamıştık. Hatta bu durum işimi kaybetmeme bile neden oldu.

Hamileliğin sonlarına doğru Carmen'de daha ciddi sıkıntılar baş gösterdi. Doğum geldiğinde ise doktorlar Carmen'i de bebeği de kurtaramayabileceklerini düşünüyorlardı. Carmen haddinden fazla yükselen tansiyonuyla doğuma girdiğinde ben de bekleme odasında bir ileri bir geri gidip geliyordum. Annem ve babam haberi aldıkları gibi yola çıkmışlardı ancak henüz hastaneye gelememişlerdi. Tüm hayatım boyunca kendimi bu kadar yalnız ve çaresiz hissettiğimi hatırlamıyorum.

Sonra birdenbire, ne zaman kötü hissetsem ona koştuğum büyükannem ve onun sıcak sarılışı geldi aklıma. Her zaman söylediği o rahatlatıcı sözler kulağımda çınlıyordu… "Her şey yoluna girecek… Boşuna kendini üzme…"

Bu esnada doğumhaneden bir hemşire çıktı ve eşimin tansiyonunun normale döndüğünü ve melek gibi bir kız çocuğu dünyaya getirdiğini söyledi. Carmen odasına alındığında koşa koşa yanına gittim. İkisi de iyiydi… Maria adını verdiğimiz kızımızı kucağıma aldığımda "Büyükanne, keşke sen de burada olabilseydin de bana öğrettiklerinin yarısını kızıma da öğretebilseydin…" diye geçirdim içimden.

Birkaç hafta sonra bir akşamüzeri kapımız çaldı. Carmen

ve ben kızımızla ilgilenmekle meşguldük o sırada. Kargo şirketinin görevlisi üzerinde "Biricik torunum için..." yazan bir kutuyu bize teslim etmişti.

Kutunun içinden binbir emekle örülmüş bir battaniye ve bir çift patik çıktı.

Kutuda bulduğum notu okurken gözyaşlarımı tutamıyordum. "Bu güzel günlerde yanında olamayacağım, biliyorum. Bu sebeple çok daha önceden bu kutuyu hazırladım. Her zaman yanında olacağımı bilmen umuduyla..." İmza kısmında, o güzel el yazısı ile "Büyükannen..." yazıyordu.

Hastalığının son zamanlarına doğru büyükannem o kadar yorgun düşmüştü ki battaniyeyi bitirmek için teyzemden yardım almıştı ve sonunda da doğru anda bu kutunun bana teslim edilmesi için battaniyeyi teyzeme emanet etmişti. Patikleri ise tamamen kendi örmüştü. Ve bunların hepsini, ölümün ona iyice yaklaştığını anladığı son bir ayında yapmıştı.

Yarın erkenden kırlar ağardığı
zaman,
Gideceğim...
Biliyorum beni bekliyorsun bak.
Geçip gideceğim dağlardan
ormanlardan,
Daha fazla kalmayacağım senden
uzak.

Gözlerim düşüncelerime saplı
yürüyeceğim,
Duymadan hiçbir haber, hiçbir şey
görmeden...
Yalnız, kimsesiz birbirine kenetli
ellerim,
Gideceğim, farkı yok
gündüzümün geceden.

Victor Hugo

Dört Dolar

Annem benim için tanıdığım en mükemmel kadındır. Tüm dünyayı gezdim ve pek çok insan tanıdım ama annemden daha seçkin bir kadın tanımadım. Eğer yaşamımda bir şeyler başardıysam, nedeni annemdir.

Charles Chaplin

1960'lı yıllardı ve ben, dört çocuğumla birlikte yaşayan, bekâr bir anneydim. Eşim alkolikti ve elimizdeki her şeyi kumarda kaybettikten sonra onu terk etmeye karar vermiştim. Biz giderken, "Çocuklar ne olduğunu anlamayacak bile ama ben senin sefalet içinde, iğrenç evlerde yaşadığını bilip mutlu olacağım. En büyük dileğim bu," demişti. O an bunları normal bir kafayla söylemediğini bilsem de o sözlerini asla unutmadım. Bu iğrenç dileğinin gerçekleşmemesi için kararlıydım. Neyse ki şansıma, çocuklar okuldan gelene kadar yarı zamanlı olarak çalışabileceğim bir şirkette sekreterlik işi buldum. Tek gelirimin bu olduğunu ve çocuklarımın iyi bir mahallede büyümesi için elimden geleni yaptığımı bilmenizi isterim. Çocuklarım ikinci el kıyafetler ya da birbirlerinin küçülmüşlerini giyseler de başlarının üzerinde onları sıcak tutacak bir çatıları ve karınlarını doyuracak güzel yemekleri her zaman vardı. Sadece belli başlı şeyleri alabildiğim için ekstra olarak evde meyve, dondurma ve ev yapımı kek bulunmasına özen gösterdim. Cips, kola ya da abur cubura paramız yetmiyordu ki bu onlar için iyi bir şeydi.

Her şeyimiz kısıtlı olduğu için çocuklarıma ellerindekilerin değerini bilmeyi ve başkalarının eşyalarına saygı göstermeyi öğrettim. Cüzdanım da yaklaşılması yasak bölgelerin başında geliyordu çünkü en ufak şeyi bile düşünmeli, gereksiz tüm harcamalardan kaçınmalıydım.

O zamanlar on iki yaşında olan oğlum Tom, mahalleye gazete dağıtarak eve ufak da olsa bir yardımda bulunuyordu. On bir yaşındaki kardeşi Ricky de ona yardım ediyordu. Haftanın yedi günü dağıtım yapıyorlardı ve tüm sorumlulukları (paranın dağılımı ve birikimi) birlikte üstleniyorlardı. Cüzdanıma dokunmaları yasak olduğu için para harcayabildikleri tek özgürlük alanları buydu. Bazen çok kar yağdığında, yaşlı komşularımız oğullarımdan yollarını açmalarını rica eder, karşılığında cep harçlığı verirlerdi. Oğullarım herhangi bir sebepten müsait olmadıklarında kızım Amanda, onların yerine kendisini göndermem için bana yalvarırdı. O günlerden birinde kızım Amanda'yı komşumuza gönderdiğimde yaşlı kadın çok heyecanlanmış ve eşine, "Hayatım, bak bu sefer çok sevimli bir kız çocuğu geldi," diye seslenmişti. En küçük çocuğum George ise büyükbabasını parka götürüp eve getirmekten sorumluydu. Babam yakın zaman önce felç geçirmişti ve doktor, her gün kısa mesafe de olsa yürüyüş yapması gerektiğini söylemişti. George da okuldan çıkar çıkmaz büyükbabasının, evimize oldukça yakın olan evine gider, o gün okulda yaptığı resmi hediye eder ve beraber yürüyüş yapmak için onu zorla evden çıkarırdı.

Çocukların, öğle yemeklerini okuldan almalarına da gücüm yetmediği için onlara her sabah erkenden kalkıp birer sandviç hazırlıyordum ve toptan aldığım meyve sularıyla birlikte çantalarına koyuyordum. İşe kimi zaman tek bir telefon cevaplayıp sadece 10 sent kazanmak için gitsem de iyi bir mahallede oturduğumuz ve çocuklarım iyi bir eğitim aldıkları için mutluydum. Üstelik sağlıklı ve de huzurluyduk.

Paranın önemli bir mesele olduğunun farkında olduklarını bilsem de çocuklarımın para konusunda endişelenmeden büyüdüğünü düşünüyordum. Yaşadığımız koşullara göre, cüzdanımda her zaman kaç para olduğunu tam olarak biliyordum çünkü o dönemlerde ödeme yöntemi sadece nakitti, kredi kartları ve doğal olarak ek limitler de yoktu.

Ve sonra bir gün, cüzdanımda tek bir sent bile olmadığını bildiğim hâlde, bir mucize olmasını umarak cüzdanımı açtığımda, mucizenin tam karşımda olduğunu gördüm. Dört dolar, karşımda öylece duruyordu. Nasıl olmuştu da dört dolarım olduğunu unutmuştum? Herhâlde yoğun bir hafta geçirmiş olmalıydım. Ancak bu olay bir kez daha tekrarlanınca ne yapacağımı şaşırmıştım. Ta ki çocuklarımın, cüzdanımın olduğu çekmecenin yakınlarında dolaştığını fark edene kadar. Onlara belli etmeden ne yaptıklarını izledim ve dört küçük meleğin, kendi emekleriyle kazandıkları paralardan ayırıp cüzdanıma koyduklarını gördüğümde yaşadıklarımı hâlâ daha tarif edemem. Ertesi gün cüzdanımda para bulduğumu ama nereden geldiğini bilmediğimi söylediğimde hiçbiri bir şey söylemedi. O an, tıpkı onların yaptığı gizli iyiliği sır olarak saklamam gibi onların da sırlarını saklamasını takdir ettim.

Bazen onlara daha fazlasını veremediğim için üzülüp içten içe pişmanlık duysam da bugün kendilerine güvenen, hayatın zorluklarına karşı dimdik ayakta durabilen, tutumlu ve kıymet bilen birer yetişkin oldukları için çok mutluyum. Onlara her baktığımda, hayatın her zorluğunun ardında mutlaka bir ödül yattığını hatırlıyor, önemli olanın bu ödüllerin farkına varmak olduğunu bir kez daha görüyorum.

Beklenmedik Dostluk

Dostun üzüntüsüne acı duyabilirsin. Bu kolaydır ama dostun başarısına sempati duyabilmek, sağlam bir karakter gerektirir.

Oscar Wilde

Karşılaştığım her güç durum, yaşamımda yeni bir dönemin başlangıcı olmuştur.

Kimberly Kirberger

Sosyal Psikoloji dersini veren Dr. Simmons birlikte çalışmak üzere öğrencilerini eşleştiriyordu. Bu eşleştirmeyi heyecanla bekliyordum. Sınıfta gerçekten sempati beslediğim birçok arkadaşım vardı. Beraber hem eğlenip hem de sunumu hazırlayabileceğim biriyle eşleşmek için büyük bir istek duyuyordum. Sevimsiz gözlerle sadece sınıfta neler olup bittiğini inceleyen, ağzını bıçak açmayan insanlardan biriyle çalışmak istemiyordum. Maalesef umutlarım boşuna çıktı. Dr. Simmons kafasındaki bazı kriterlere göre insanları birbiriyle eşleştirmişti. Bunların nasıl kriterler olduğunu o anda kesinlikle anlayamamıştım... Ben de sınıftaki herkesin köşe bucak kaçtığı ukala bir çocukla eş olmuştum.

Bu dönemki mecburi çalışma arkadaşımın yanına gittim ve kendimi tanıttım. Aynı sınıfta olduğumuz için beni tanımalıydı aslında ama kim olduğuma dair hiçbir fikri yoktu. Kendimi tanıttığım sırada da orada yokmuşum gibi davrandı zaten. Derslerindeki başarısına çok güveniyordu ve sanki benimle eş olmak onun başarısını düşürecek gibi bakıyordu bana. Hareketlerinde belli bir iticilik yoktu aslında ama ben emindim ki ödevi bensiz yapacak olsa kesinlikle daha iyi bir not alacağına inanıyordu. Çok sosyal bir insan değildi ama benimle vakit kaybetmekten hoşlandığını da düşünmüyordum. Bir çift çalışması olmasa ödevi çok daha kısa bir sürede bitirip teslim edeceğine inanıyor gibi görünüyordu. Ben onun için sadece ayak bağıydım.

Bütün dönem boyunca onunla sürekli vakit geçirmek için can atıyor değildim. Ama bu şikâyetlerimi dile getirip ortamı germek ve aramıza bir duvar örmek de istemedim. Elimden gelenin en iyisini yapıp işlerin yolunda gitmesini sağlamaya çalışmayı planlıyordum.

Dr. Simmons'ın bize verdiği proje, seçtiğimiz konuyla ilgili bir varsayım ortaya atıp bunu araştırmak ve verilerle destekleyerek sunmamızı içeriyordu. Bu sunumdan alınacak olan not iki öğrencinin de ortalamasına ayrı ayrı eklenecekti. Projeye bir başlangıç yapmak adına buluşmaya karar verdik. Yanına gitmeden önce oldukça gergindim. Sistemli bir çalışma düzeni olan, sürekli yüksek notlar alan bir eşim vardı ve ben onun tam tersiydim. Yanında yetersiz kalmak istemiyordum ancak onun buluşmaya projenin yarısını zaten bitirmiş olarak gelmesinden korkuyordum. Ne yapmam gerektiğini danıştığım bütün arkadaşlarım, "Sonuna kadar dayan!" diyordu. Benimle alay ettiklerini düşünmeye başlamıştım. Bir an için dersi bırakmayı bile düşündüm ancak böyle bir izlenim vermek istemiyordum kesinlikle. O yüzden kendimi toparladım ve proje eşimle görüşmeye gittim.

Uzun bir düşünme süreci sonunda proje konumuza ve ortaya atacağımız varsayıma karar verdik. Aslına bakacak olursak, seçtiğimiz konunun genel hatları dışında hiçbir şey hakkında bir fikrim yoktu. Bu başlangıcın ardından düzenli olarak görüşmeye başladık. Proje üzerine çalışmalarımız devam ettikçe bunun bizim değil de onun projesi olduğuna inanmaya başlamıştım. Zekâsını ve konudaki ince noktaları hemencecik kapabilme yeteneğini kıskanmaya başlamıştım. Gerçekten de başarılı bir öğrenciydi ve bunun hakkını veriyordu. Detaylar üzerinde uzun süre duruyor ve kendini ikna edecek sonuçlar elde edinceye kadar kurcalamaya devam ediyordu. Ben ise, sahip olduğum sınırlı bilgiyle oldukça tecrübesiz ve işe yaramaz görünüyordum onun yanında.

Bir gün dayanamayıp ona tanıştığımız andan beri aklıma takılan soruyu yönelttim ve neden bu kadar ciddi ve soğuk bir insan olduğunu sordum. Cevabı oldukça netti. Bana, boş insanların boş muhabbetlerinden keyif almadığını, hayatına fazlalık olarak kabul edeceği her insanın ona ayak bağı olacağını ve gerçekten ömür boyu dostluk kurmak istediği kişilerle de zaten görüştüğünü söyledi. Onun bu net cevabı kendimi berbat hissetmeme neden oldu. Aldığım Sosyal Psikoloji dersi yüzünden bu dönemin olduğundan daha da uzun geçeceğinden ya da en azından öyle hissettireceğinden artık emindim.

Projeyle ilgili araştırmalarımız sürerken, insanlarla görüşmelerin yapılacağı, anketlerin doldurulacağı kısma geldik. Ve bu sosyal kısmı ben üstlendim. Bir şeyler yapmak ve yararlı olmak istiyordum. İşte bu yüzden elimde bir sürü anketle insanları bulmaya ve onlardan cevaplar almaya çalıştım. Gerçekten de uğraşıyordum ama direksiyon hâlâ ondaydı. Ben sadece onun uğraşmak istemediği bir kısmı üstlenmiştim.

Bir gün hastaneye kaldırıldığı haberini aldım. Mide kanaması olduğunu söylemişlerdi. Okuldaki başarısı için çalıştığı gecelerin dışında bir de işte çalışıyor olmak onu oldukça yormuştu anlaşılan.

Hangi hastanede olduğunu öğrenince ziyaretine gittim. Savunmasız ifadeyle hastane yatağında uyur bir hâlde onu gördüğümde onun da incinebilen bir varlık olduğuna ikna oldum. Beni görünce aklına onun bu durumundan sonra ilerleyemeyecek şekilde kalan projesinin geldiğini tahmin edebiliyordum. Benim projeyi bitirmek konusunda bir gelecek vaat etmeyen yüz ifadem onun yüksek lisans eğitimi hayallerini bir dönemliğine erteliyordu. Birden farklı bir şeyler hissettim ve onu, bu projeyi batırmayacağıma ikna ettim. Kendisine iyi bakmasını ve iyileşmesini tembihleyip odadan çıktım. Elimden gelenin en iyisini yapacak ve durumu kurtaracaktım. Bunu kafaya koymuştum.

Zorlu bir iş beni bekliyordu. Deliler gibi istatistiksel verilerle uğraşıyordum. Sonunda ona yakışabilecek bir iş çıkarmak için elimden gelen bütün çabayı gösteriyordum. Hayatımda hiç göstermediğim çabayı şu son bir haftada göstermiştim. Enerjimi son damlasına kadar kullanıyordum. Projeyi batırarak onun bütün emeklerini hiç etmeye hakkım yoktu. Derslerden çıktıktan sonraki bütün zamanımı sabahlara kadar kütüphanede geçiriyordum. Giderek bitkin bir hâl aldığımın farkındaydım ama ona karşı içimde biriken sorumluluk duygusu beni ayakta tutuyordu. Yine de işin ucunda başarılı olup olamayacağımı kestiremiyordum.

Dönemin sonu gelip çatmıştı. Çiftlerin projelerini sunma vakti gelmişti artık. Sıramız geldi ve tahtanın önündeki yerimi aldım. Hastanedeki arkadaşımı da temsilen bütün projeyi sunmuştum. Notlar açıklandığında ise havalardaydım! Dersi A ile geçmiştik.

Hemen hastaneye koşup proje arkadaşıma müjdeli haberi verdim. Yüzüne kocaman bir gülümseme yayıldı ve pes etmeyip projeyi tamamladığım için bana teşekkür etti. İşte o an aramızda zorunluluktan değil de gerçekten bir etkileşim olduğunu hissettim. Birbirimize güvenmenin ve bunun olumlu sonuçlarını almanın mutluluğu çevremizi kuşatmıştı.

Bu büyük zaferimizden sonra aramızda bir dostluk başladı ve üniversite hayatımız boyunca uzun bir vakit geçirdik. Mezun olduktan sonra da yüksek lisans eğitimi için okulda kalmıştı. Birkaç sene sonra, üniversitedeki kız arkadaşıyla evleneceği haberini aldım ve memnuniyetle düğünlerine katıldım.

Üniversite hayatımın o döneminde istatistiksel verilerin ötesinde birçok şey öğrendim. Onunla olan arkadaşlığım hayatımı zenginleştirdi ve bana kendime sonsuz bir güven beslemeyi öğretti. O, benim beklenmedik kahramanım oldu.

Ve ilk tanıştığımız zamanlarda söylediği bir şeyde haklı çıktı. Hastaneye ona zaferimizi bildirmeye gittiğim günden itibaren aramızda sonsuz dek sürecek bir dostluk filizlendi.

Sevgiyi Kucakla

Sevgi dolu, dürüst bir insan ruhunun bir başkası üzerindeki etkisi kutsaldır.

George Eliot

Bugüne kadar en az otuz Sevgililer Günü yaşamış olmama rağmen, bunlardan yalnızca birini hatırlıyorum. O günlerde bana da kalpli çikolatalar ve sevimli kutlama kartlarından oluşan aşk dolu hediyeler verilmişti. Ben de üstüme düşen görevi yerine getirip bu tarz hediyeler hazırlamıştım elbette. Ancak güne anlamını veren yalnızca bir kızı hatırlıyorum. İlkokul dördüncü sınıftan Izzie Pal…

Izzie o gün, bana üzerinde öyle güzel sözler yazılı bir kutlama kartı vermişti ki aldığım hiçbir kart beni bir daha öylesine etkileyemedi.

Sevgililer Günü her yıl kocaman umutlarla yaklaşır ve öylesine mutsuzluklar ve hayal kırıklıklarıyla geçip giderdi ki artık ben de birçok yetişkin gibi o günün tek anlamının alışveriş çılgınlığı olduğunu düşünmeye başlamıştım. Ama Izzie...

Dördüncü sınıfın sonunda Izzie hayatımdan tümüyle çıkıp gitmemiş olsaydı neler olurdu acaba? Bu yaşında hâlâ yirmi yıl önce kaybetmiş olduğu sevgilisinin hayalini sürdürmeye çalışan bir adam insanlara psikiyatri hastasından başka bir şey ifade etmez herhâlde. Hayal kırıklıklarıma takılıp kalmış ve peşimden kırık bir bacak gibi sürüklenip gelen başarısız Sevgililer Günü anılarımı düşününce, dokuz yaşımdan beri haber almamış ve bir kez bile görmemiş olduğum Izzie'nin hayali belleğimden bir türlü silinmiyordu. Geçen seneki Sevgililer Günü'nde birden aklıma düştü yine Izzie, onu bulmalıydım.

Yıl 1988. Güney California'da bir kasaba. İki yıl boyunca sokağın karşısında oturan ay yüzlü bu kıza âşık olmuştum. Bu, Izzie, uzun süre hayatımda aşk kelimesinin karşılığı olarak yer etti. Fakat gün geçtikçe bu aşk karmaşık hâller de aldı. İlk olarak Izzie'nin abisi Richard benim en iyi arkadaşımdı. İkincisi, Izzie'nin yanında çok utangaç bir hâle bürünüyordum. Ailemin ya da arkadaşlarımın yanındayken dünyada olup biten her şeyi eleştiren, yorumlar yapan, zeki bir gazeteciyken; Izzie'nin yanında konuşması kekelemekten öteye geçemeyen, sürekli elleriyle oynayan bir tipe dönüşüyordum.

Izzie her zaman bana karşı çok sevimli olmasına rağmen, servisten inip eve kadar yan yana yürüdüğümüzde kalp atışlarının ritminin benimkine uymadığını hissedebiliyordum. Bu kısa yürüyüşler benim hayatımın en önemli parçalarından biri olmuşken Izzie'yi bir kez bile bize davet etme cesaretini gösteremedim.

Bütün her şey bir Sevgililer Günü'nde oluverdi. Sınıfça geleneksellesmiş kutlama kartı alışverişini yapmıştık, kuralımız şuydu: Eğer birine kart vereceksen, sınıfın geri kalanına da bu kartı vermen gerekiyordu. Ben de herkes gibi Izzie'den ve diğer yirmi altı kişiden "Sevgiyi Kucakla!" kartı almıştım. Hepimizin midesi kalpli çikolatalarla dolmuştu ve o gün eve erken dönüyorduk. Her şey önceki yıllarda nasılsa öyle yaşanmıştı yine. Ya da ben öyle sanıyordum.

Servisten eve yürürken son iki yıldır yaptığımızdan farklı bir şey görünmüyor gibiydi. Fakat yollarımızın ayrıldığı noktaya geldiğimiz an Izzie durakladı ve "Sana bir şey vereceğim," diyerek çantasını açtı. İçinden çıkardığı büyük kırmızı zarfı elime tutuşturup arkasına bile bakmadan koşmaya başladı.

Ben de koşa koşa odama çıktım. Zarfı dikkatlice açtığımda içinden hayatımda gördüğüm en güzel kart çıktı. Kart el yapımıydı ve her türlü pul, boncuk, kalp, ne bulunduysa üzerine yapıştırılmıştı. Kartı açınca iç sayfada tutkalla yazılmış "Seni seviyorum!" ifadesini gördüm. Tutkal ıslakken üzerine sim dökülmüştü, parıl parıl parlıyordu.

Duygunun mükemmel bir şekilde dışavurumu! O günden sonra aldığım her kartın bende kocaman bir düş kırıklığı yaşatmış olması şaşılacak bir şey değil herhâlde. O günle karşılaştırıldığında soluk kesebilecek başka bir Sevgililer Günü olabilir mi? O andan itibaren yaşamaya başlamış gibiydim. Izzie ve ben bir yuva kurabilirdik. Yalnızca bir sorunum vardı, abim Peter.

Kartı defalarca okuduktan sonra çorap çekmecemin en altına yerleştirdim. Her nasıl olduysa Peter çekmecelerimi karıştırıp kartımı o gece ortaya çıkarmıştı. Aslında abim o kadar da sadist biri değildi ama abi olmanın kötü ününe yaraşır şekilde davranmıştı işte. Bana gelen o kırmızı zarfla o kadar eğlenmişti ki kartı kaptığı gibi sokağın karşısında oturan Richard'a, yani benim en iyi arkadaşım ve Izzie'nin abisine göstermeye gitmişti. Bununla da yetinmeyerek kartı tüm semtte dolaştırmıştı. Tabii ki bu olay beni de Izzie'yi de kahretmişti ve yeşerebilecek bir aşkın tohumları o gün solmuştu.

Aşkın isteği güçlü olabilir ama o yaştaki çocukların alayları da güç yarışında geri kalmıyor. Izzie ve ben o yılı birbirimize kaçamak bakışlar atarak ve ancak gizli köşelerde bir iki kelime bir şeyler konuşarak geçirdik. Tüm yaşananlar babamın o yılın sonunda Alaska'ya taşınacağımızı söylemesiyle son bulmuştu. Izzie Pal'ın o güneş gibi parlayan tebessümünden uzaklaşmak yaşanabilecek en ağır sürgündü. Alevler içindeki kalbimin sesini dinleyip biricik aşkımın yanında kalmak için taşınmayıp evimizin yakınlarında bir bakımevine yerleştirilmemi bile teklif ettim. Ama tabii ki kabul edilmedi. Sonunda ben de ailemin diğer fertleri gibi kasabamızdan taşınmak zorunda kaldım.

Öğretmenimiz okulun son günü benim için bir parti düzenledi. Hatta benim onuruma Alaska hakkında yazılmış bir yazıyı okuma nezaketinde bile bulundu. Son derste sırayla bütün arkadaşlarımla vedalaştım. Tüm bunlar yaşanırken benim yapabildiğim tek şey Izzie'nin gözlerinin içine bakmaktı aslında. O da Sevgililer Günü'nden bu yana ilk kez gözyaşlarıyla nemlenmiş güzel gözlerini bana dikmişti.

En şaşırtıcı olay servisle eve dönerken gerçekleşti. Izzie serviste yanıma oturdu ve eve varıncaya kadar elimi tuttu. Daha sonra evlerimize doğru yürürken de elimi hiç bırakmadı. Kapımıza geldiğimizde göğsümdeki o patlamayı ifade edebilecek bir sözcük olduğuna inanmıyorum.

En sonunda, "Evet, sanırım elveda deme zamanı," diyebildim.

"Senin gitmene çok üzülüyorum," dedi.

"Ben de çok üzgünüm."

Bu kadar konuşabildik. Daha sonra o eğilip beni yanağımdan öptü ve her zamanki gibi koşarak uzaklaştı.

Ertesi gün taşındık ve Izzie'yi bir daha hiç göremedim.

İlkokul dördüncü sınıfta âşık olduğunuz bir kızı bunca yıl sonra aramak pek sağlıklı bir şey gibi durmuyor biliyorum. Ama eğer ben bunca yıl sonra Izzie'yi hatırıma getirip onun ne yaptığını merak ediyorsam, onun da arada beni düşündüğünden emindim. Izzie'yi bulmakta kararlıydım ve hayat rüzgârı onu nereye savurmuş olursa olsun bulacaktım. Bulunca da kim bilir? Kader, bizim öykümüzü nasıl ördüyse öyle yaşardık.

Eski arkadaşlarımdan birine ulaşıp Pal Ailesi'nin Hawaii'ye taşındığını öğrendim. Bu oldukça pahalı bir yolculuk olacaktı ama eğer sonunda Izzie'ye kavuşacaksam sonuna kadar değerdi. İnternette Hawaii'de benim yaşlarımda olan dört tane Izzie Pal buldum, hepsine mesaj attım. Fakat hiçbiri benim aradığım Izzie değildi, hatta bir tanesi aradığım Izzie olmayı bile teklif etti. Tekrar en başa dönmüştüm işte. Eski okul arkadaşlarımla yaptığım görüşmelerin de hiçbir faydası olmadı. Hatta özel bir dedektif sayesinde yaptırdığım üç haftalık bir arayıştan da elim boş çıktım.

Umudumun azalmaya başladığı sırada avukat bir tanıdığım Arizona'da Aradığınız Kişiyi Bulun diye bir şirketten bahsetti. Bu şirket, izini bulmakta zorlandığımız kişileri bulmak için kurulmuş. Hemen onlarla iletişime geçip elimdeki sınırlı bilgiyi iletmiştim. Ve bir mucize oldu! Doğru Izzie Pal'ı buldular! Hiç beklemediğim bir anda kendimi oturma odasında elimde Izzie Pal'ın adresi ve telefon numarası yazılı bir kâğıda bakarken buluvermiştim. Yalnızca birkaç dakika önce Izzie ile aramda yirmi yıllık bir süre varken şimdi aramızdaki mesafe yalnızca on bir hanelik bir telefon numarasından ibaretti ve ben hiç ummadığım hissiyatlar içerisindeydim: Mesela panik.

O ana kadar Izzie benim için bir hayalden ibaretti aslında. Oysa elimdeki telefon numarası ve adres korkutucu bir şekilde gerçekti. Bunu yapmayı gerçekten istiyor muydum? Bu kişiyi gerçekten tanıyor muydum? En güzel çocukluk anımı riske atmaya değer miydi?

Bir keresinde amcam, "Okyanusa kadar gelip girmemek olmaz," demişti. Ama sular buz gibi olduğundan ben denize girmekten bile korkuyordum. Ancak Izzie'ye bu kadar yaklaştıktan sonra okyanusun kıyısında durup acaba diyerek ufuk çizgisine gözleri dikmenin ve sonsuza kadar merak içinde kalmanın da bir anlamı yoktu. Buna rağmen telefon etmektense bir mektup yazmanın Izzie için daha az şaşırtıcı olacağını düşündüm. Hem mektup yazmak benim için de çok daha kolay olacaktı.

Mektubun "Sevgili Izzie," diye başlıyordu. "Umarım beni unutmamışsındır..." Tüm öğleden sonramı bu mektubu yazmaya harcadım. Yirmi yıl boyunca neler yaptığımdan tutun onu ne kadar özlediğime kadar aklıma gelen her şeyi yazdım. Artık her ikimiz de yetişkin birer bireydik ve kendi hayatlarımız vardı. Acaba bir araya gelmek eğlenceli olmaz mıydı? Mektubu "Tüm bu olup bitenler sana çok saçma gelmiyorsa mektupla ya da telefonla bir haber verir misin?" diyerek bitirdim.

O akşam mektubu hızlı posta ile gönderdim. Ertesi akşam telefonum çaldı.

"Tabii ki seni hatırlıyorum."

"Izzie?"

"Senin Tony isminde bir köpeğin vardı."

"Evet."

"Havalar ne kadar sıcak olursa olsun okula giderken hep o çok sevdiğin ceketini giyerdin."

"Evet."

"Ben su çiçeği geçirdiğimde otobüs durağında bir çocuk benimle dalga geçmişti ve sen onu fena hırpalamıştın."

"Izzie."

"Selam yabancı."

Bir saat boyunca konuştuk. İkimiz de biraz gergindik ama tuhaf bir şey de olmadı. Birkaç kez rahatsız edici bir sessizlik yaşadık, ses tonu da biraz değişmişti ama yine o sevimli Izzie idi işte. Abisini anlattı bana, ben de Peter'dan bahsettim. Her ikisinin de bizlere ne kadar kötü davrandığından konuşup gülüştük. Konuşmanın ortalarında bir yerde bana işinden ve kocasından bahsetti. İki oğlu vardı. Büyük olanı bu sene okula başlayacaktı. Onun sürekli ileriye doğru yönelen yaşantısını övdüm, bense kısır bir döngüde takılıp kalmıştım. Ben de genel olarak yaşantımdan bahsettim. Çok samimi davrandı. Hatta gelecek hafta çok sevdiğim bir restoranda buluşma teklifimi bir an bile düşünmeden kabul etti.

Telefonu kapattıktan sonra geçen iki saat boyunca sanki felç olmuş gibiydim. Tek yaptığım tavanı izlemekti.

Restorana varır varmaz bir garson beni "Bay Sant?" diye karşıladı. "Izzie Hanım bir saat kadar gecikecekmiş." Tüm ihtimalleri göz önünde bulundurduğumda bunun çok da büyük bir sorun olmadığını fark edip olgunlukla karşıladım. Aslına bakılırsa Izzie'nin gecikmesi o an sanki idam cezasına gelen erteleme gibi göründü. Çok gerilmiştim. İçecek bir şeyler ısmarladım iyi gelir umuduyla. Bir süre sonra bir kadeh bana bir saatin düşündüğümden çok daha uzun sürebileceğini gösterdi. İkinci kadehten sonra orada oturmak beni iyice rahatsız etmeye başlamıştı. Sanki herkes bana bakıyordu. Bundan hiç hoşlanmamıştım. Biraz hava almak için dışarı attım kendimi.

Restoranın çevresinde biraz dolaştım. Hâlâ yarım saat vardı. Beynim sürekli Izzie ile ilgili teoriler üretiyordu. Belki trafiğe kalmıştı ya da mesaiye kalması gerekmişti. Kocasıyla kavga etmiş de olabilirdi. Ya da oğlu hastalanmış olabilirdi. Kadının istediği kadar geç kalma hakkı olduğuna dair garip bir inancım vardı.

Birdenbire titreyip kendime geldim. Şu an Izzie'nin neye benzediğini ya da nasıl davrandığını öğrenme vakti değildi. Zaten onunla ilgili bilmem gereken her şeyi öğrenmiştim.

Sorun şuydu: İnsanların yaşama dair gerçekçi umutları olsa da, kimse ilkokul aşkının büyümüş, evlenmiş, iki çocuk doğurmuş olduğunun canlı kanıtıyla yüzleşmek istemez. Hiç kimse yirmi yıl önce yaşananların çoktan silinip gittiğini bilmek istemez. Telefon konuşmaları öldürücü sessizliklerle bölünebilir. Evet, tüm bu yaşananlar hayatın ta kendisi olabilir. Ama bunların hiçbiri ilkokul dördüncü sınıfınızdaki aşkınıza ait olmamalı, asla ama asla bir Sevgililer Günü'ne ait şeyler olmamalı.

Açık bir kırtasiye buldum. Hemen kalem, renkli karton, zarf, tutkal ve sim aldım. Oracıkta çömelip Izzie'ye buluşmaktan vazgeçtiğim için özür dileyen bir mektup yazdım. Mektubun sonuna bunca yıldır söylemek istediğim hâlde içimde saklı tuttuğum şu satırları ilave ettim:

"Izzie,

Eminim bu akşam birlikte harika zaman geçirecektik. Ancak benim bu görüşmeyi yapmak istememin tek nedeni yıllar önce bana vermiş olduğun Sevgililer Günü kartı için sana teşekkür etmekti. Şu anda bu sana çok önemsiz görünebilir. Oysa bu tip küçük şeyler, yaşama anlam katan ve dünyanın daha yaşanası bir yer olmasını sağlayan unsurlardır. Ben seni bu nedenle asla unutmayacağım.

Sevgiler, Alex."

Mektubu dikkatle katladıktan sonra zarfın üzerine Izzie'nin ismini tutkalla yazıp üzerine sim döktüm. Restorana döndüğümde zarfı masanın üzerine bıraktım. Dışarı çıkarken tanıdık gözleri olan bir kadın yanımdan geçti. Artık dünyanın bizim çocukluğumuzda olduğu gibi basit bir yer olmadığını düşünüp hüzünlendim. Bazı güzelliklerin yaşam boyunca ulaşamayacağım bir yerde olmalarına rağmen asla değişmediklerini bilmek ise bana mutluluk verdi.

Asla Eksik Değilsin

Başarabileceğinize inanıyorsanız ya da başaramayacağınıza inanıyorsanız eninde sonunda haklı çıkarsınız.

Henry Ford

Kendi içimizde derinlere
indiğimizde,
elde ettiklerimizin
aslında tam olarak arzu
ettiklerimizden ibaret
olduklarını görürüz.

Simone Weil

Bir çocuk, ufak yaşta geçirdiği bir trafik kazasında sol kolunu kaybetmiş. Hâlbuki bu çocuğun en büyük hayali, günün birinde dünyaca ünlü bir Judo ustası olmakmış.

Ancak kaza sonucu kolunu kaybetmesiyle birlikte tüm umudunu da kaybeden çocuk, yıkılan hayalleriyle birlikte kendi içine kapanmış. Bu durumu gören ve çok üzülen babası ünlü bir Judo ustasına gidip durumu anlatmış ve yapabileceği herhangi bir şey olup olmadığını sormuş.

Usta, "Oğlunuzu getirin, onunla bir de ben görüşeyim," deyince dünyalar babanın olmuş. Belki de oğlu için hâlâ bir şans vardı.

Hemen ertesi gün oğlunu alıp Judo ustasının yanına gitmiş.

Usta, çocuğa uzun uzun bakıp onunla birkaç şey konuştuktan sonra, "Tamamdır. Bugün babanla gidip eşyalarını al, yarın antrenmanlara başlıyoruz," demiş.

Çocuk başta çok şaşırsa da bir şansı olduğu için sevinçten havalara uçmuş. Babasıyla birlikte gereken tüm eşyaları almış. O gece heyecandan gözüne uyku girmemiş. Tüm gece dünyaca ünlü bir Judo ustası olduğunu, rakiplerini birer birer yendiğini hayal edip durmuş.

Çocuk ertesi gün büyük bir heyecanla ustanın yanına gitmiş. Usta ona bir hareket göstermiş ve "Bu hareket üzerinde elinden geldiğince çok çalış," demiş. Çocuk ilk hareketini öğrenmenin verdiği sevinçle hiç durmadan ustasının verdiği harekete çalışmış. Başlarda yorulsa da bir sonraki harekete geçmek için sabırsızlandığından, bu hareketi bir an önce geçmek istiyormuş. Oğlunun bu gayretini gören baba da günden güne daha mutlu oluyor, oğlunu böylesine mutlu eden ustaya içten içe teşekkür ediyormuş.

Çocuk bir hafta boyunca her gün ustanın yanına gitmiş. Bir hafta boyunca da aynı hareketi çalışıp durmuşlar. Derken bir hafta daha bu şekilde geçmiş. Çocuk bakmış ki ustası hâlâ hareketi değiştirmiyor, adamın yanına gidip, "Bu hareketi öğrendim artık, başka hareket öğrenebilirim," demiş.

Ustanın cevabı ise, "Çalışmaya devam et," olmuş.

Çocuk, hayal kırıklığı içinde hareketine çalışmaya devam etmiş. Koskoca usta, bir bildiği vardır, diye düşünüp kendini teselli etmiş. Ancak bir yandan da tek kolu olmadığı için, ustasının sırf üzülmesin diye kendisini oyaladığını da düşünmeden edemiyormuş.

Aylar ayları kovalamış ve çocuk eğitiminin birinci yılını doldurmuş. Bir sene boyunca hep aynı hareketi çalışıp durmuş. Sonunda dayanamayıp yine ustanın yanına gitmiş. "Bir senedir aynı hareketi çalıştım. Bana yeni bir hareket göstermeyecek misiniz?" diye sormuş.

Usta, "Sen aynı hareket üzerine çalışmaya devam et, zamanı gelince yeni hareketlere geçeriz," demiş. Çocuk artık eski hevesini yitirmeye başlamış ama yine de pes etmeden aynı hareketi çalışıp durmuş.

Aylar ayları, yıllar yılları kovalamış ve çocuk, aynı hareketi çalışarak Judo eğitimindeki onuncu yılını tamamlamış. Bir gün usta yanına gelip, "Hazır ol! Adını büyük turnuvaya yazdırdım," demiş. Çocuk şaşkın şaşkın bakarken devam etmiş. "Yarın maça çıkıyorsun delikanlı."

Çocuğun şaşkınlığı daha da artmış. Tek kolu olmadığı gibi bir hareketten başka hiçbir şey bilmediği için şampiyonların karşısında en ufak bir şansı bile olmadığını düşünse de ustasına duyduğu saygıdan dolayı bir şey dememiş.

Turnuvanın ilk günü, ilk maçına çıkmış. Rakibine karşı bildiği tek hareketi kullanarak ilk maçını kazanmış. "İlk rakip de benim gibi acemiydi herhâlde," deyip bunun üzerine çok kafa yormamış. Tek galibiyet de bana yeter, diye düşünüp ikinci maça hiçbir beklentisi olmadan çıkmış. Ancak ikinci maçı da kazanmış çocuk. Sonra üçüncü maç, çeyrek ve yarı final derken, çocuk finale çıkmaya hak kazanmış.

Seyircilerin arasında oturan ailesi, çocuklarının bu başarısı karşısında gözyaşlarına boğulmuş. Çocuk ise hâlâ ne olduğunu anlamış değilmiş. Finalde karşısına çıkacak rakibinin, yıllardır şampiyonluğu elden bırakmayan bir çocuk olduğunu öğrenince koşarak ustanın yanına gitmiş.

"Şans eseri bu noktaya kadar geldim ama rakibimi gördünüz mü? O koskoca şampiyon, bense bir kolu olmayan ve tek bir hareketten başka bir şey bilmeyen biriyim. Bence artık geri çekilme vakti geldi. Herkesin içine çıkıp rezil olmak istemiyorum."

Usta katı bir şekilde, "Olmaz," demiş. "Kendine güven. Yenilirsen de yenil ama asla korkaklar gibi kaçma."

Bakmış ki başka çaresi yok, mecburen çıkmış maça. Maç başlamış ve çocuk bildiği tek hareketle rakibine karşı koymaya başlamış. Ve rakibini yenip şampiyon olmuş. Maç bittiğinde kendine inanamamış ve mutluluktan ağlamaya başlamış. Kupasını alırken duyduğu mutluluğu ve gururu anlatmanın imkânı yokmuş ama kafasında hâlâ birtakım soru işaretleri varmış.

Kupayı aldıktan sonra doğruca ustanın yanına koşmuş. "Bu nasıl mümkün olabilir? Benim bir kolum yok ve sadece bir hareket biliyorum. Nasıl oldu da ben kazandım?"

Ustası gülümsemiş ve cevap vermiş. "Oğlum, tam on yıldır bu hareketi çalışıyorsun. Bu yüzden dünya üzerinde bu hareketi senden iyi yapabilen biri muhtemelen yok. Ayrıca, sana öğrettiğim hareketi durduracak karşı hareket için rakibinin senin sol kolunu tutması gerekir."

Bu sözler üzerine çocuk ustaya sarılıp, "Eksikliğime rağmen bana bu duyguyu yaşattığınız için teşekkür ederim," demiş.

Ustanın cevabı ise çocuğun ömür boyu unutamayacağı bir cevap olmuş: "İnsanların eksiklikleri, onların en güçlü tarafları olabilir. Yeter ki kendine güvenin eksik olmasın. Sen kendine inan, gerisi elbet gelir."

Bir Varmış Bir Yokmuş

Dünyada bir tane dahi çocuk mutsuz olduğu sürece, büyük icatlar ve ilerlemeler hiçtir.

Einstein

Bazı ebeveynler çocuklarıyla ilgili hiçbir kötü haberi duymak istemezler. Bay Earl de bu babalardan biriydi. Ama bir konuda onun yardımına ihtiyacım vardı. Bütün bir öğle tatilimi, onu kızıyla ilgili bir şeylerin ters gittiğine inandırmak için harcadım. Kızı tarif edilemez bir duygusal acıyla baş etmeye çalışıyordu. Ama Bay Earl'ü ikna etmeyi başaramadım, yaptığımız konuşma boyunca duvara konuşuyormuşum gibi hissettim.

20 senelik öğretmenlik hayatımın ardından kendimi 'işini bilen biri' olarak tanımlayabiliyordum. Peki, Josie hakkındaki düşüncelerimde hatalı mıydım? Josie'nin şu anki durumunda benim de bir payım var mıydı? Bilemiyorum... Babasının böyle düşündüğü kesindi. Bay Earl bana açıkça 'fazla duygusal' olan kızına yüklendiğimi, onu gözümde büyüttüğümü söylüyordu. Ben durumun böyle olduğuna kendimi bir türlü ikna edemiyordum.

Okul yılı başladığında, Josie yeşil gözleri ve minnacık bedeniyle en iyi öğrencilerimden birisiydi. Anlattığım şeyleri çok çabuk kavrıyor, matematik problemlerini ve diğer bütün projelerini kolaylıkla hallediyordu. Bunlardan da öte, yaratıcı yazarlıkla ilgili olağanüstü olarak tanımlanabilecek bir yeteneği vardı. Biraz utangaç bir çocuk olsa da sınıfta benimle ve arkadaşlarıyla kolaylıkla iletişim kurabiliyordu.

Dönemin ortalarına geldiğimizdeyse, Josie ile ilgili üzücü değişimlere tanık oldum. Sürekli dikkati dağılıyor, en kolay ödevlerden bile gözü korkuyordu. Bazı günler bir öfke nöbeti geçirip, gözyaşlarına boğulmadan önce kâğıda adını soyadını bile yazamıyordu. Kollarını göğsünde kavuşturup ağzını sımsıkı kapıyor, saatlerce hiç sesini çıkarmadan oturuyordu. Yazı yazmayı o kadar sevmesine rağmen, verdiğim yazı ödevlerini bile bir günde bitiremiyordu.

Beni, evini aramaya iten asıl sebep ise son zamanlarda görülmeye başlanan asosyal davranışlarıydı. Teneffüslerde arkadaşları voleybol, futbol ya da basketbol oynarken; o sessizce bir köşede oturuyordu. Yemek aralarında da tek başına sınıfta kalıyordu; çünkü ne yemekhaneye gidecek parası ne de evden getirdiği bir yiyeceği oluyordu. Sınıfta çocuklara ders dışı bir ödev için kendinize bir eş seçin dediğimde bile Josie tek başına kalan çocuk oluyordu.

Peki, Josie'nin babası evlerini aramama neden bu kadar olumsuz bir tepki göstermişti? Neden o da benim gibi kızının değişen davranışları için endişe duymuyordu? Josie'nin bir konuyla baş etmekte zorlandığı belliydi. Peki, annesi neredeydi? Evi aradığımda annesiyle görüşseydim, bu konuda daha büyük bir ilerleme kat edebilir miydim acaba? Kadın belki de hamileydi? Ya da taşınacaklardı. Josie'nin durumunun ev ile ilgisi olduğuna emindim ama tam olarak ne olduğunu bir türlü çözemiyordum. Babası ise evle ilgili her şeyin yolunda olduğunu, benim kendi işime bakmam gerektiğini söylüyordu.

Yaptığım görüşmeden birkaç gün sonra Josie, okula eski püskü bir elbisesi, taranmamış kirli saçları ve güçlükle açık duran gözlerle geldi. Sırasına oturduğu gibi çantasından bir kitap çıkardı ve kafasını sanki bir yastıkmış gibi onun üzerine koyarak uyumaya başladı.

3 saat sonra öğle arası vakti gelince yavaşça onu uyandırdım. Bu kez ne olduğunu öğrenmeye kararlıydım. "Bazı geceler kötü rüya görmemek için uyumuyorum da," diye açıkladı küçük kız.

Öğle yemeği için evden getirdiğim böreklerin olduğu kabı çıkardım ve "Biraz börek ister misin?" diye sordum.

"Annem de eskiden bana bunlardan yapardı," dedi.

"Eskiden mi?" diye sordum ama çok tehlikeli bir adım attığımı biliyordum. Josie aylardır annesi hakkında konuşmamıştı.

Josie bir eliyle kitaplarını düzeltirken, bir eliyle de kafasını kaşımaya başladı: "Annem, bir şey yapamaz artık. Çünkü o, …"

"Bir yere mi gitti? Yoksa hasta falan mı oldu?" diye sorarak anlatmasını kolaylaştırmaya çalışıyordum.

"Hayır, yani evet. Anlatmak istiyorum aslında ama size bir şey anlatamam, babam kimseye söylememem için bana söz verdirdi. Verdiğim sözleri tutmam gerekir, değil mi?" diye sordu ama gözleri, 'Hayır, anlatabilirsin,' demem için yalvarıyordu.

Sakin kalmaya çalışarak, Josie'nin önüne birkaç dilim börek koydum ve ona bir parça peçete uzattım. 'Ne yapabilirim de bu çocuğun omuzlarındaki yükü biraz olsun hafifletebilirim,' diye düşünüyordum.

Biraz sonra aklıma bir fikir geldi. Kalkıp masamdan birkaç temiz sayfa aldım ve Josie'nin önüne koydum. Eline bir kalem uzatarak, "Bir varmış, bir yokmuş…" dedim.

Birden Josie'nin gözleri parladı. Olduğu yere doğrulup, "Bir varmış, bir yokmuş…" diye tekrarladı ve temiz sayfaları önüne çekip yazmaya başladı.

Öğle arası bitmeden yaratıcı yazarlık 'ödevini' bana teslim etmişti.

Bir varmış, bir yokmuş…

Perişanlık Krallığı denen bir yerde bir kral ve küçük prenses kızı birlikte yaşarmış. Çok zenginlermiş ve sarayları da oldukça güzelmiş ama kral ve prenses hiç mutlu değilmiş. Çünkü onlarla birlikte yaşayamayan kraliçeyi çok (hem de çok!) özlüyorlarmış. Kraliçe çok hastaymış, krallığın doktoru da iyileşmesi için onu hastaneye yatırmış. Ama kraliçenin hastalığı zihnindeymiş, dinlenmek ona bir yarar sağlamıyormuş.

Birkaç gün geçtikten sonra doktor, kraliçenin sarayı ziyaret etmesine izin vermiş. Doktor, eğer kraliçe kral ve prensesi görürse, kendini daha iyi hissedebilir diye düşünüyormuş. Ama bu fikir her şeyi daha da kötü bir hâle getirmiş; çünkü kraliçe saraya geldiği gece bir kutu hap içmiş (hem de bilerek!) ve neredeyse ölecekmiş.

Kraliçe (mecburen) hastaneye geri dönmüş. Kral ise eskiden olduğundan bile mutsuz bir durumdaymış. Kral artık 'HER ŞEYDEN KORKAN' küçük prensesle bile ilgilenmiyormuş. (Hatta eğer birilerine bir şey söylerse, onu zindana atacağını bile söylemiş.)

Prenses sonsuza kadar mutlu bir hayat yaşayamayacağını bildiği için çok korkuyormuş.

SON!!!

Josie'nin yaşadıklarını böyle güzel anlatabilmesi beni şaşırtmadı. Fırsatını bulduğu an bütün yüklerini hemencecik dökebilmesiydi beni şaşırtan. Bu yazdıklarının doğruluğu teyit etmem gerekiyordu elbette ama Josie'nin tüm yaşadıklarını içine sakladığı zindanın anahtarını bulduğuma emindim. Annesinin yaşadığı bu akıl hastalığı ve intihar girişimi onun için zaten yeterince ağır yüklerdi. Bunun yanında babasının da onu desteklememesi ve yalnız bırakması oldukça yıkıcıydı.

İstemeyerek de olsa, Josie'nin babası benimle ve okulun psikoloğuyla görüşmeyi kabul etti. Kızının yazdığı kısa hikâyeyi gördüğünde donup kaldı. Elindeki hikâyeyi okurken gözyaşlarını tutamıyordu.

Artık Josie'nin durumunun evle ilgili olmadığında diretmiyordu. Okul ve sosyal hayatındaki başarısızlıkları için beni ya da bir başkasını suçlamayı da bırakmıştı. Nihayetinde kızının sorunlarının aslında bir yardım çağrısı olduğunu fark edebilmişti.

Josie'nin annesi hiçbir iyileşme umudu olmadan hastanede tutulmaya devam edildi. Ama babası artık kızının tüm bunları tek başına göğüslememesi gerektiğini biliyordu. Babasıyla evdeki durumları düzelten Josie, eskiden olduğu gibi en iyi öğrencilerimden biri hâline geldi.

O zamana dair merak ettiğim tek bir şey var. Tüm bu karmaşanın ardından babasının ilgisini tekrar kendinde hisseden Josie'den bir ödev daha hazırlamasını isteseydim, acaba yazısına 'Bir varmış bir yokmuş… Umut Krallığı denen bir yer varmış…' diye başlar mıydı?

Kar

Eğer köpeğiniz sizin dünyadaki en harika insan olduğunuzu düşünüyorsa, başka birinin fikrini alma zahmetine girmeyin.

Jim Fiebig

Karlı bir şubat günü, daha önce hiç duymadığım bir havlama işittim. Kapıya çıktığımda cinsinin ne olduğunu bilmediğim, sarı renkli bir köpek, patilerini soğuktan korumak için indirip kaldırıyordu. Yüzündeki ve kuyruğundaki tüyler karla kaplanmıştı ve donmak üzereydi. Bu köpeğin bizim kasabaya ait olmadığı belliydi çünkü buradaki köpek cinsleri belliydi.

Anneme seslenerek kapıda donmak üzere olan bir köpek gördüğümü söyledim. Annem mutfaktan bana doğru seslenerek, "Onu sakın içeri alma!" dedi. "Zaten bir köpeğimiz var ve yeterince yemek yiyor."

Bu doğruydu. Kömür, bizi koruması için yıllar önce aldığımız, koca köpeğimizdi. Ama tek yaptığı yemek yemek ve uyumaktı. Korkutucu da bir tipi yoktu. Şişko bir vücudu ve komik bir suratı vardı. Çizgi filmlerden fırlamış gibi gözüküyordu. O gün sarı köpek kapıya geldiğinde varlığını hissedip havlamamıştı bile Kömür. Ya da hissetmişti ama havlamaya ve yerinden kalkmaya üşenmiş olabilirdi. Kapıyı açtığımda bile köpeği duymuyordu ya da duymazdan geliyordu. Durup iki köpeğe baktım, farklı dünyalardan geliyor gibilerdi.

"Ama annee, dışarısı çok soğuk. Lütfen?"

Annem, elleri unlu unlu mutfaktan çıktı. Bana her zamanki kötü bakışını atmaya çalışıyordu.

"Onu içeri almayı gerçekten istiyorsun yani?" dedi, düz bir ses tonuyla.

Kafamı hızla aşağı yukarı salladım. "Evet, çok tatlı."

"Tatlı mı? Tatlı köpekler de kapının önündeki karları kürekle temizleyebiliyor mu?"

İç geçirdim.

"Ahırları da temizleyip hayvanları besliyor mu?"

Yine iç geçirdim.

"O zaman ona neden ihtiyacımız olsun ki?"

Annemin katılığına rağmen sarı köpek tabii ki bizimle kaldı. Bize karların içinden çıkıp geldiği için bu tuhaf cins köpeğin adını Kar koydum. Kar, arabalardan normalden çok daha fazla korkuyordu. Bu civara ait bir köpek olmadığı da çok belli olduğu için, sahibinin onu arabadan fırlatıp buraya bırakmış olabileceğini düşündük. Aynı arabaların, onu bizimle kurduğu yeni hayatından koparıp alacağını zannedip korkuyor olabilirdi. Annemin arabasına binmekten de kaçıp duruyordu.

Eski sahibi gibi bizim de onu atacağımızı düşünüyordu belki de zavallı. Ama annem böyle bir şeyi asla yapmazdı. Pamuk gibi bir kalbi vardı. Kar'ı ilk gördüğüm gün bile annemin en geç birkaç gün içinde yumuşayacağından emindim.

Kömür de, Kar onun yiyeceğine dokunmadığı sürece hâlinden memnundu. Evi korumak gibi bir görevi olduğunu zaten hiç düşünmemişti ama zamanla iyice umursamaz bir köpek olmuştu.

Bir gün, annem Kömür ile birlikte şehir merkezine gitmişti. Ben de ödevim olduğu ve Kar da evden ayrılmak istemediği için evde kalmıştım. Kar, bir senedir bizimleydi ve o yanımda olduğu sürece kendimi hep güvende hissediyordum, o yüzden de evde tek kalmaktan korkmuyordum.

Ben ödevime yoğunlaşmış matematik problemleriyle uğraşırken Kar birden yerinden fırlayıp gergin gergin dolanmaya ve hırlamaya başladı. Ne olduğunu anlamaya çalışırken bahçe kapısının açıldığını duydum. Annemin gelmiş olabileceğini düşünüp cama koştuğumda tanımadığım bir adamın evimize doğru yürüdüğünü gördüm. Ne yapacağımı bilemediğim için ağlamaya başladım. Kar, kapının arkasında düşmanını bekleyen asker gibi durmuş, hırlayarak adamı bekliyordu. Yaşadığımız yer küçük ve güvenli bir kasaba olduğu için kimse kapılarını kilitlemezdi. O yüzden adam rahatlıkla içeri girebilirdi.

Adam kapıya gelip kapıyı çaldı. Bunun üzerine Kar da iyice sinirlenmişti.

"Evde kimse yok," diye seslendim.

"Bana pek öyle gelmedi," diyerek cevap verdi adam.

Annemin gelmek üzere olduğunu söyledim ama adam bunu umursamayıp kapıyı açtı. Adamın kapıyı açmasıyla Kar'ın üstüne atlayıp onu kolundan bir güzel yakalaması bir oldu. Kar'ın ne cins bir köpek olduğunu bilmiyordum ama o gün içinden bir kahraman çıktığı ortadaydı. Adam acı içinde kıvransa da Kar onu bir türlü bırakmıyordu. O sırada aklıma polisi aramak geldi. Ben polise durumu anlatırken annemle Kömür de geldi. O güne kadar yerinden kıpırdamayan Kömür de adamın üzerine atlamıştı.

Annem bana sarılıp beni sakinleştirmeye çalışırken polisler geldi. Adamın, uzun süredir aradıkları bir hırsız olduğunu söylediler ve onu tutukladıktan sonra gittiler. Herkes gittikten ve ortalık sakinleştikten sonra annem Kar'ın yanına gidip onu sevmeye başladı. Kendisini anlamayacağını bilse de onunla konuştu. "Seni eve kabul etmek istemediğim için özür dilerim, küçük dostum. Sen olmasaydın oğlumun başına kim bilir neler gelirdi. Sana ne kadar teşekkür etsem az." Ardından Kömür'ü de sevdi ve onunla da konuştu. "Sen de bize olan sadakatini göstermiş oldun, sana da teşekkür ederim."

O günden sonra annem, Kömür, Kar ve ben, yıllarca mutlu ve güvenli bir hayat sürdük. Ne olursa olsun ikisi bizim en iyi dostlarımız olarak kaldı. Ama özellikle Kar'ın, beni o gün canı pahasına kurtarmış oluşunu hayatım boyunca unutmayacağım. İyi ki varsın dostum.

Hayallerin Sınırı Yok

Hayallerimizi gerçekleştirmek için sadece

bir ömür vaktimiz var.

Susan Taylor

Üniversite hayatımın ilk günüydü. Dil Bilimi dersinden çıktığımda kendimi yeni bir hayata atılmanın verdiği keyifle oldukça iyi hissediyordum. Kafeteryaya girdiğimde alışık olmadığım kalabalığı şaşkın gözlerle izliyordum. Tam bu sırada yumuşacık bir el omzuma dokundu. Arkamı döndüğümde minnacık, yaşlı bir hanımın arkamda, ayakta durduğunu gördüm. Yüzünde, her göreni gülümsetmeye yetecek, parlak bir gülümseme yaygındı.

"Merhaba güzellik, benim adım Linda. 82 yaşındayım, bu okuldayım ve seni yeni görüyorum. Tanışalım mı?" dedi.

Birden karşılaştığım yabancının bu sevimli hâlleri beni güldürmüştü. "Tabii ki!" deyip ona sarıldım.

Esprilere açık biri olduğu belliydi. "Bu genç yaşınızda buralarda ne işiniz var?" diye sormaktan çekinmedim.

"Buraya varlıklı bir eş bulma ümidiyle geldim. Bir yandan da okulu bitiririm diye düşünüyorum. Tabii burayı bitirdikten sonra ilk hedefim bulacağım o zengin yakışıklıyla evlenip çocuk sahibi olmak. Sonrasında da emekli olup gezip tozmayı planlıyorum!"

İkimiz de bir süre nefes nefese kalana kadar güldük. Sonrasında, "Gerçekten soruyorum bu kez," diyerek sorumu yeniledim. O yaşında nasıl olup da böyle bir serüvene atıldığını merak ediyordum.

"Hayatımın gençlik zamanlarında okumaya ayıracak maddi durumumuz hiç olmadı. Aileme destek olmak için erken yaşta çalışmaya başlamak durumunda kalmıştım. Ve o dönemin gerektirdiği gibi erken yaşlarımda da evlendim tabii ki. Her zaman üniversitede okumak istemiştim ama şimdiye kısmet oldu. Hayallerimi gerçekleştirmem gereken zaman şimdiymiş!"

Bunları büyük bir keyifle anlatıyordu ve burada olmaktan çok mutlu olduğu belliydi.

Bir sonraki dersimizin birlikte olduğunu anlayınca, beraberce amfiye doğru gittik. Dersten çıkınca da kafeteryada oturup sıcak çikolatamızı yudumladık. Kısacık bir zamanda dost olmuştuk. O dönem boyunca, ortak derslerimizin dışında okul çıkışlarında da görüştük. Linda ile saatlerce sohbet etmek gerçekten çok keyifliydi. Sohbet hiçbir zaman tıkanıp kalmıyor, insanın konuştukça konuşası geliyordu. Linda benim için âdeta canlı bir zaman makinesiydi. O bana geçmişe dair öykülerini, hayal kırıklıklarını, en çok mutlu olduğu zamanları anlatırken ben büyülenmiş bir şekilde onu dinliyordum.

Linda bir süre sonra bütün okulun tanıyıp sevdiği biri hâline geldi. Hangi derse, hangi kafeteryaya gitse sevecenlikle karşılanıyor ve baş üstünde tutuluyordu. İki dirhem bir çekirdek hazırlanıp derslere girmekten keyif alıyordu. Öğrencilerin ona gösterdiği ilgi de onu çok mutlu ediyordu. Hâlinden memnundu ve hayatın tadını çıkartıyordu.

Dönem sona erdiğinde, Linda'dan törende bir konuşma yapması istendi. O gün, o kürsüye çıktığını görmek ve onu dinlemek eminim ki bütün öğrencilerin yüzüne sıcak bir gülümseme yerleştirmişti.

"Merhabalar çocuklar. Nasılsınız? Konuşmam bu şekilde değildi ama ne yazık ki hazırladığım kâğıtları evde unutmuşum. Yaşlılık işte, tahmin edersiniz... En iyisi daha önce kafamda hazırladıklarımdan uzaklaşayım da size içimden ne geliyorsa onu anlatayım..."

Herkes bir anda gülmeye başlamıştı Linda'nın bu sözleri karşısında. Her zamanki içten tavrı bizleri etkilemişti.

"Hayattaki neşemizi, gülümsemelerimizi bir kenara bırakın, kuru kuruya yaşlanmaktan başka bir şey yapmadığımızı görüyoruz. Ruhumuzu genç yaşta tutmanın, mutlu, sağlıklı ve başarılı şekilde yaş almanın çok değil, birkaç tane ufak sırrı var.

Şu hayatta gülebilmeli, her şeyin eğlenceli bir yanını bulabilmelisiniz.

Bir hayaliniz olmalı mutlaka. Hayallerinizden vazgeçip onları bir kenara bıraktığınız zaman ölürsünüz. Farkında değilsiniz belki ama etrafımızda ölüp de farkında olmayan o kadar çok insan var ki…

Yaş almak ve yaşlanmak arasında kocaman bir fark vardır. Yirmi yaşındaysanız ve koskoca bir seneyi hiçbir şey yapmadan, boş boş geçirirseniz işte o 365 günün sonunda yirmi bir yaşınıza basarsınız. Ben de örneğin, seksen iki yaşındayım ve bir senemi bomboş, yatarak geçirirsem seksen üç yaşıma girerim. Herkes yaşlanır. Bunun için ekstra bir şey yapmanıza, bir çaba sarf etmenize gerek yoktur. Ama işte önemli olan yaşlanmak değil, yaş almaktır, büyümektir… Hayatın size sağladığı imkânları kullanmak ve ömrü değerlendirmektir.

Asla ve asla yaptıklarınızdan, yaşadıklarınızdan pişmanlık duymayın. Yaşlandıkça, yaptıklarınızdan değil, yapmadıklarınızdan pişmanlık duymaya başlayacaksınız. İşte bu yüzden, birçok şey yapın. Gezin, dolaşın… Hayallerinizi gerçekleştirin. Aklınıza düşen bir şeyi ölçüp, biçip tartın ve sonunda onu yaşayın. Yetmişli yaşlara geldiğinizde 'Neden kendime bu konuda bir şans vermedim?' demek yerine 'İyi ki bunu da yapmışım…' diyebileceğiniz anılar biriktirin kendinize. Bu hayatı dolu dolu yaşayın."

Konuşmasını, *'Hayat Güzeldir'* isimli bir şarkıyı söyleyerek ve hayata dair pozitif değerler taşıyan sözlerine dikkatimizi çekerek bitirdi.

O senenin sonunda Linda mezun oldu. Mezuniyet töreninin ardından geçen iki ayın sonunda huzur içinde, uykusunda öldüğüne dair haberi aldık.

Binden fazla üniversite öğrencisinin, akrabalarının, komşularının yani bütün sevdiklerinin katıldığı etkileyici bir cenaze töreniyle onu son yolculuğuna uğurladık.

Hayallerimize sıkı sıkıya tutunmanın önemini bize canlı bir örnek olarak gösteren bu kadını asla ve asla unutmayacağımıza adım kadar eminim…

Güçlü olman,
seni mutlu etmeyebilir.
Ama mutlu olman,
seni güçlendirecektir.

T. S. Eliot

Beni Hatırla

Hayatta her şey belirsiz, kesin olan mukadder bir şekilde kesin olan tek şey var: Ölüm.

Alexis Carrel

Birbirimizden ayrı kaldığımızda,

Beni hatırla...

Ben seni hatırlıyor olacağım.

Birlikte olduğumuz günleri hatırla...

Biz yan yanayken, hiçbir şey zor değil...

Bu şarkı sözlerinin zihnimde dönüp durmasına engel olamıyordum. İyice kıvrıldığım koltuktan kalktım ve pencereye doğru yürüdüm. Gün doğmak üzereydi, sisli bir aydınlık dışarıya hâkimdi. Sokak lambaları birer birer sönüyordu. Yeni bir gün başlamak üzereydi. Hayatın devam ettiğini gösteren her şey bir bir gerçekleşiyordu ama burada, benim bulunduğum odada bir hayat sona ermek üzereydi.

Serumdan gelen ritmik ses haricinde odada herhangi bir ses yoktu. Yatağa doğru yaklaştım ve küçücük kalan bedeninin üzerindeki örtüyü düzelttim. Eskiden düzgün bir topuz hâlini alan gri saçlar, şimdi yastığa dökülüyordu. Onun hayatının ellerimin arasından kayıp gidişini hissedebiliyordum ancak yapabileceğim hiçbir şey yoktu ne yazık ki…

Odanın kapısının sessizce açıldığını fark edip arkama döndüm. Gece hemşiresinin yerini gündüz hemşiresi almıştı. Bir gün daha başlıyordu ancak kim bilir neleri beraberinde getirecekti?

Bütün hayatımı, diğer herkesten çok etkileyen insandaydı gözlerim. Ona söylemek istediğim o kadar çok şey vardı ki... Bunların çoğu, onun zaten bildiğine inandığım şeylerdi ama şu anda bildiğine inanmak değil, bundan emin olmak istiyordum. Bu düşüncelerin ağırlığı altında, kendimi oldukça güçsüz hissediyordum.

Zihnim gerçekten allak bullak bir durumdaydı. Bir zamanlar büyük bir ilgiyle bakılan kişi ben iken, şimdi o bir hastane yatağındayken ben başındaydım… Her şey o kadar çabuk gelişti ki, buraya kadar olan hiçbir şeyin farkına bile varamadığımı şimdi anlıyorum. Bu kadın tek başına tam dört çocuk büyüttü ve eşi de oldukça erken denebilecek bir yaşta ansızın vefat etti… Bu kadın, hayal edip hırsla çalıştığım sürece her şeyi elde edebileceğimi öğretti bana… Sapasağlamdı. Ve işte, yine bu kadın her zaman yanımda olduğunu hissettirdi bana… Şimdi yanı başında olma sırası bana gelmişti. Kolundaki iğne izlerine bakınca gözlerime yaşlar hücum etti. O anda güzel, mavi gözleri açıldı. Bana karşılaşmaya korktuğum o bakışları çevirmişti. "Korkuyorum, lütfen canımın yanmasına engel ol..." diyen bakışlar. Artık dayanacak gücüm yoktu. Pes etmekten, yere yıkılıp kalmak üzere olduğumu hissettim. Ama güçlü kalmam gerekiyordu. Hem kendim için hem de onun için...

Gülümsediğimde biraz rahatladığını hissettim ve bana karşılık verip gözlerini yeniden yumdu. Koltuğa dönüp oturdum. Kendime gelmem gerektiğinin farkındaydım. Bir anda öylesine bocalamıştım ki annemin nefes alış verişinin değiştiğini fark edememiştim. Nefesi giderek kayboluyordu.

Hemen odadan dışarıya fırlayıp bir hemşire bulmaya çalıştım. Az önce fark ettiğim durumu onaylamaktan başka bir şey yapamayacaktı ama yine de deli gibi koşturarak bir hemşire arıyordum.

Hemşireyle birlikte geri döndüğümde direkt olarak yatağının yanına koştum. Ellerini ellerimin arasına aldım. Nefesi artık iyice duyulmaz hâle gelmişti. Ellerine sıkıca tutundum, onu öyle kolayca bırakamazdım.

Annem yavaşça gözlerini açtı. Dudağındaki silik gülümsemeyle gözlerimin içine baktı ve "Seni seviyorum kızım..." dedi. Hemen ardından son nefesini verdi.

Uzun sayılabilecek kadar bir süre boyunca orada öylece durdum. Hareket edemedim. Nefes alamadım. Yapayalnız kalmış gibi hissediyordum. Gözlerimden akan yaşlara hâkim olamıyordum. Annemin her zaman yaptığı gibi bana sarılmasını, gözyaşlarımı silmesini ve bana her şeyin yoluna gireceğini söylemesini istiyordum. O ise şimdi, huzur içinde gözlerini yummuştu.

Artık her şey bitmişti...

Yapabileceğim hiçbir şey kalmamıştı.

"Seni çok seviyorum anneciğim ve bunu bildiğinden eminim," diye fısıldadım kendi kendime.

Odadan çıkıp koridorda yürümeye başladığımda etrafta gördüğüm insanlarla hayatın devam ettiğini fark ettim.

Yine o şarkının sözleri tekrarlanmaya başladı zihnimde...

Birbirimizden ayrı kaldığımızda,

Beni hatırla...

Ben seni hatırlıyor olacağım.

Birlikte olduğumuz günleri hatırla...

Biz yan yanayken, hiçbir şey zor değil...

Kafesten Kurtulmak Mümkün müdür?

Bir insanın hamuru bir kez yoğrulur. Neler yaşanırsa yaşansın, kişi sonunda özüne döner.

Henry Wadsworth Longfellow

Okula girip de sınıfımın olduğu koridora geldiğimde, koridorun diğer ucuna kadar gelen sesleri hâlâ hatırlıyorum. Üniversiteden yeni mezun olmuş, bazılarına göre bilmiş, bazılarına göre deneyimsiz görülebilecek biri olarak bu sınıfın bana nasıl karşı koyacağını, meydan okuyacağını kestiremiyordum. Ancak kendimi en kötüsüne hazırlamıştım. Elindeki telsizden başka bir silahı olmayan bir güvenlik görevlisi de benimle birlikte geliyordu. Yüzünde bir gülümseme vardı ama bence bana acıdığı için şefkatten gülümsüyordu.

Size nerede olduğumu ve neden burada olduğumu açıklamam gerek. Önceki gün telefonumun çalmasıyla benim için yeni bir dönem başlamış oldu. Kasabamdaki bir devlet okulundaki bir sınıf için acilen bir sınıf öğretmeni gerekiyordu. Okul idaresinin "Köprü" adını verdiği bu sınıftaki öğrencilerin hepsi disiplin sorunu olan çocuklardı. Sınıfa bu adın verilmesinin sebebi ise bu öğrencilerin, durumları yüzünden hiçbir yere yerleştirilemeyip, arada kalmalarıydı.

İki tarafa da gidemedikleri bir köprünün üzerindeydiler. Sınıfın bugüne kadarki tüm öğretmenleri sinir krizleri geçirip görevlerini bırakmışlardı. Nisan ayının sonlarına geldiğimiz şu günlerde, on yedinci öğretmenleri de dün dayanamayıp okuldan ayrılmıştı.

Göreve başladıktan kısa bir süre sonra, okuldaki öğretmenlerin bu sınıfa kendi aralarında "Kafes" dediklerini öğrendim. Onlara göre bu sınıf, zapt edilmesi neredeyse imkânsız hayvanların tutulduğu bir kafes gibiydi ve bu kafeste kimse uzun süre hayatta kalamıyordu.

310 numaralı sınıf, koridorun sonunda, okulun en uzak köşesindeydi. Gerçekten de içinde vahşi hayvanlar varmış gibi, insanlardan uzak bir konumu vardı. Güvenlik görevlisine, kendimi bir hayli zorlayarak gülümsedikten ve teşekkür ettikten sonra derin bir nefes alıp sınıfa girdim.

Otuz çift göz anında bana döndü. Çoğunun gözlerindeki ışık sönmüştü. Bazılarının gözlerinin etrafında morluklar vardı. Yüzleri, birer çocuktan çok yetişkin gibiydi. Hayat bir şekilde onları erkenden yıpratmış gibiydi. Zaten çocuk oldukları da söylenemezdi. Tahminen 14 ile 16 yaş arasında gençlerdi hepsi.

Kapıyı kapatıp sınıfın girişinde durdum. Kapı kolu kırıktı, o yüzden çocuklar istedikleri gibi girip çıkabiliyor olmalıydı. Panolarla, resimlerle ve projelerle dolu olması gereken duvarlar bomboş ve bakımsızdı.

Ben sınıfı ve öğrencileri izlerken öğrencilerden bazıları da beni izliyordu. Çoğu ise çoktan ben gelmeden önce yaptıkları şeylere dönmüşlerdi. Kimisi bir şeyler karalıyor, kimisi bir diğerine sataşıyor, kimisi bağırıyor, kimisi sıraların arasında geziniyor kimisi de hiçbir duygu göstermeksizin boş boş etrafına bakıyordu. Sınıfa girdiğim an dışında, çıkardıkları gürültüde en ufak bir azalma yoktu. Saatime baktım. 9'u 12 geçiyordu. Hiçbir şey söylemeden yerime oturdum ve birkaç kez daha saatimi kontrol ettim.

Önümdeki isim listesine bakıp öğrencilerin birbiriyle konuşmalarından isimler yakalamaya çalışarak birkaç isim öğrenmeye çabaladım. Saatime tekrar bakıp, otoriter bir ses tonuyla, "Benim vaktim bol ama sizin beni beklettiğiniz kadar ben de sizi ders sonunda bekleteceğim," dedim. Sonra tekrar saatime baktım. Hiçbiri ben oradaymışım gibi davranmıyordu. Çoğu hâlâ ayaktaydı ya da bir diğeriyle tartışıyordu. Sınıf kapısı açıldı ve güvenlik görevlisi kafasını uzatıp, "Bir şeye ya da yardıma ihtiyacınız var mı?" diye sordu. Koşarak oradan uzaklaşmak istesem de sakin kalmaya çalışarak, "Hayır, teşekkür ederim," dememe rağmen adamın sınıfın önünden ayrılmadığından emindim.

Son bir kez daha saatime baktıktan sonra, "Şu ana kadar benim dokuz dakikamı aldınız, ben de sizi, ders bittikten sonra dokuz dakika bekleteceğim," dedim. "Rick ve Sam, lütfen tartışmayı bırakıp lütfen yerinize oturun. Ve diğerleri, sizin de yerlerinize oturmak için on beş saniyeniz var. Siz yerlerinize geçtikten sonra size kendimi tanıtacağım ve ardından derse başlayacağız."

Konuşmamı bitirip sustuğumda, öğrenciler arasında, "Adınızı nereden bildi?", "Bu şimdi öğretmenimiz olduğunu mu zannediyor?", "Bakalım ne zaman pes edecek?" seslerinin yükseldiğini duysam da çok geçmeden kısa süreli bir sessizlik oldu. Daha önce dersine girdiğim bir sınıf için hazırladığım kartondan bir posteri çantamdan çıkarıp yine yanımda getirdiğim bant sayesinde tahtanın yanına, duvarın boş bir kısmına yapıştırdım. Posterin üzerinde, "Bayan Lily'nin Kuralları:" başlığı altında beş madde yazıyordu. Maddeleri yüksek sesle okuduktan sonra konuşmaya başladım. "Ben Lily, üniversiteden geçtiğimiz haziran ayında mezun oldum. Chicagoluyum. Kurallarımı duydunuz, dinlemediyseniz de okuyabileceğiniz bir yere astım. Ve size iki seçenek sunuyorum. Ya size söylenenleri yapar ve kurallara uyarsınız ya da size söylenenleri yapmaz ve kurallara uymazsınız. İkinci seçeneği tercih etmenizi pek önermem çünkü başınız ağrıyabilir. Bir zamanlar ben de öğrenciydim ve bu yüzden de tüm kurnazlıklarınızı ben de biliyorum. Dediklerim anlaşıldıysa şimdi yoklama yapacağım ve bu sayede isimlerinizi öğrenmeye çalışacağım."

Öğrenciler, bu tarz bir çıkış yapacağımı ummadıklarından olsa gerek, şaşkın şaşkın birbirlerine bakıyorlardı. Yoklama nispeten sıkıntısız geçti ve dil bilgisi dersi ile başlamaya karar verdim. Ama bu sınıf daha ismin, sıfatın ne olduğunu bile bilmiyordu.

O gün 3.39'da dersi bitirip öğrenciler çıkana kadar masamda bekledim. Hepsi çıktıktan sonra başımı masaya koyup ağlamaya başladım. Dil bilgisi dersinden vazgeçip genel kültür soruları sormaya başladım ama bu çocuklar daha ülkenin başkanının kim olduğunu bilmiyorlardı. Durum böyleyken matematik ya da fen dersine hiç giremeyeceğimi anlayınca en iyisinin okuma yapmak olduğuna karar verdim. Ancak hepsi üçüncü sınıfa giden bir çocuk gibi okuyabiliyordu. Pek çoğunun kitabı bile yoktu. Doğru düzgün ders işleyemeyeceğimi anlayıp vakit öldürmek için onlardan kompozisyon yazmalarını istemiştim. Anlayacağınız, durum vahimdi.

Eşyalarımı toplayıp, görevden ayrılacağımı bildirmek için müdürün yanına gitmeye karar vermişken Wendy adındaki bir öğrencinin yazdığı kompozisyon gözüme takıldı. Yazacakları konu, "Hayatımdaki En Değerli Kişi" idi. Wendy, teyzesini yazmıştı. Wendy daha çok küçükken annesini bir kazada kaybetmişti. Babasını ise hiç görmemişti çünkü Wendy doğduktan kısa bir süre sonra hapse girmişti. Durum böyle olunca Wendy ve iki kardeşi, kendisinin de üç çocuğu olan teyzesiyle yaşamak zorunda kalmıştı. Wendy'nin dil bilgisi hiç iyi olmasa da yazısı için çabaladığı belliydi. Teyzesinin tüm zorluklara rağmen hiç yılmadan çalıştığından, onları bir bakımevine verebilecekken bunu reddedip her şeyi göğüslediğinden bahsediyordu. Belki bir bakımevinde daha iyi bir muamele görebileceğini ama sevginin, iyi kıyafetlerden ve güzel yemeklerden daha değerli olduğunu yazmıştı.

Wendy'nin yazdıklarını okuyunca kendimi çok kötü ve

suçlu hissettim. Çok rahat bir çocukluk ve eğitim hayatı geçirmiştim. Üniversiteden iyi bir dereceyle mezun olmuştum. Ailem her zaman yanımdaydı. Her zaman güzel kıyafetlerim vardı ve annem çok iyi yemek yapardı.

Bir süre daha oturduğum yerde kalıp bu sınıftan vazgeçmemek için bir sebep bulmaya çalıştım. Bu çocuklara ne öğretebilirdim ki? Daha isim nedir, sıfat nedir, başkanları kimdir bilmiyorlarken onlara Amerikan tarihi öğretemezdim. Onların hayatlarını anlamam mümkün değildi çünkü ben çok farklı bir geçmişe sahiptim. Sonra Wendy'nin yazdıklarını tekrar okudum.

Sınıftan çıktığımda müdürün yanına gitmek yerine en yakın kırtasiyeye giderek otuz tane sözlük aldım ve sınıfa geri döndüm. Sözlükleri sıraların üzerine yerleştirdikten sonra tahtaya ertesi günün tarihini atıp altına beş tane kelime yazdım. Kelimelerin altına da, "Bu kelimeleri defterlerinize yazıp sözlükten anlamlarını da yanlarına yazın ve birer cümle içinde kullanın," yazdıktan sonra sınıftan çıktım. Çıkarken güvenlik görevlisinin yanına uğrayıp sınıfın kapı kolunu tamir edip edemeyeceğini sorduğumda halledeceğini söyledi.

O gün sinirlerim yıpranmış ama tuhaf bir şekilde umutlu hâlde evime dönüp güzel bir duş aldım. Wendy'nin yazısı önümde, akşam yemeğimi yedikten sonra erkenden yattım. Yorucu bir gün beni bekliyordu.

Ertesi sabah, bilerek sınıfa biraz geç girdim. İçeri girdiğimde öğrenciler kafası karışmış bir hâlde önlerinde duran sözlüklere ve tahtaya bakıyordu. Bazılarının pek umurunda olmamıştı ama Wendy ve birkaç başka öğrenci, defterlerine bir şeyler yazmaya başlamıştı bile. Bu sınıf için ufak da olsa bir umut var mıydı yoksa?

Kapı kolu da tamir edilmişti. Geriye sınıfın duvarlarını doldurmak ve onlara, daha güzel bir hayatın var olduğunu göstermek kalmıştı. Bugüne kadar onlara daha farklı bir tavır sergilememiş olan öğretmenlerden farklı olmayı ve bu öğrenciler için bir şeyler yapabilmeyi gerçekten istiyordum.

Zaman içerisinde sınıfta ödüllü okuma yarışmaları ve belli bir notun üzerinde sonuçlar alanlara ufak ödüller verdiğim sınavlar düzenledik. İdare ile konuşup sınıfın boyasını yeniden yaptırdık ve yeni duvarlarımıza öğrencilere ödev olarak verdiğim "İlginç Bilgiler" panolarıyla, resim derslerinde ortaya çıkan yaratıcı resimleri astık. Onlar günden güne daha iyi bireyler hâline geldikçe ben de kendimi daha iyi hissediyordum.

Ve bir gün hayatımın en büyük kararını alıp müdürün yanına giderek, eğer kabul ederlerse yeni öğretim yılında da bu okulda, o sınıfın başında kalmak istediğimi söyledim. Bu habere idare kadar, onlarca öğretmenden kurtulmayı başarmış öğrencilerimin de sevinmesi ise alabileceğim en güzel hediye oldu.

Meredith

Yaşamınızı sürdürmenin yalnızca iki yolu vardır. Biri asla hiçbir mucizenin gerçekleşmeyeceğine, diğeri ise yaşamdaki her şeyin mucize olduğuna inanmak.

Albert Einstein

Hiçbir kadın hamilelik döneminde yaşadıklarını unutmaz. Her gün capcanlı bir anı olarak zihninde bir köşeye yerleşir. Doğumun heyecanının yaşandığı o gün ise en unutulmazı olur, kalır. Benim hiçbir zaman unutamayacağım gün ise kızımın doğumundan bir önceki gündür. Babam bir beyin kanaması geçirmişti ve kısmi felç yaşıyordu. On günü aşkın bir süredir hastanede kalıyordu. Konuşma yetisi de bu durumdan etkilenmişti, bizlerle doğru düzgün iletişim kuramıyordu.

Kız kardeşimle birlikte her gün hastaneye gidiyorduk. Doktoru bizi sakinleştirmeye çalışıyor, babamın kendini hazır hissettiği zaman uyanacağını ve bizimle iletişim kuracağını söylüyordu. Doktorundan böyle olumlu sözler duymak bize umut veriyordu tabii ki ama yine de içimiz korkuyla doluydu.

Günler geçtikçe, babam daha çok uyanık vakit geçirmeye ve gözleriyle bizimle iletişim kurmaya başladı. O gün yanında otururken endişeli gözlerle beni izliyor, hamileliğimin bu kadar ileri bir döneminde buralarda onun başında olmama içten içe kızıyordu. Akşam saatlerinde, babamın yanında kalmak için ağabeyim odaya girdi. Babama sıkıca sarılıp onunla vedalaştım. Bu sırada gözlerimden birkaç damla yaş süzülmüştü. "Yarın görüşürüz," dediğimde babamın gözlerindeki onaylamaz ifadeyi gördüm. Sanki gözleriyle bana "Yarın gelme, evde dur ve dinlen," diyordu.

Babam haklıydı. Hastaneden ayrılıp eve gelmemden üç ya da dört saat kadar sonra dayanılmaz ağrılar eşliğinde babamın kaldığı aynı hastanenin aciline yetiştirildim. Doktor başımda anlamadığım bir dilde konuşuyor, ne yapacaklarına karar vermeye çalışıyorlardı. Benim anladığım tek şey ise, hem bebeğin hem de benim sağlığımın tehlikede olduğuydu.

Her şey o kadar çabuk gelişti ki, hiç farkına varamadan ameliyata alındım ve uyutulduktan sonra algılayamadığım iki, üç saatte sonra babamın odasının iki üst katındaki bir odada bebeğim yanı başımdaydı.

Biricik, güzeller güzeli kızımın yüzünü ve küçücük ellerini incelerken ona bir isim bulmaya çalışıyordum. Bir çocuğa isim koymak oldukça önemli bir şeydir. Çocuğunuza koyduğunuz ismin onu gelecekte de memnun edecek, anlamlı bir isim olması gerekir. Fakat biz eşimle bebeğin cinsiyetini doğuma kadar öğrenmeyi reddettiğimiz için bir isim kararlaştıramamıştık. Erkek için de kız için de birçok ihtimal üzerinde durmuştuk ama henüz vaktimiz olduğunu düşünürken minicik kızımız dünyaya gelmeye karar vermişti.

Bundan önceki çocuklarımıza isim bulma işini aile büyüklerimizden yardım alarak sonuca ulaştırmıştık. Şimdi ise bu beklenmedik doğumla birlikte danışacak kimsemiz yoktu.

Birkaç gün geçtikten sonra, hemşireler odaya girip çıktıkça bebeğin ismini sormaya ve bu konuda ısrarcı olmaya başladılar. Yardım istemem gerektiğini farkındaydım ve o anda aklıma bir fikir geldi. Bir hemşireden kâğıt kalem istedim ve şu satırları karaladım:

"Babacığım. Bir kızımız oldu. Haberini almışsındır. Ona bir isim vermeni istiyorum, lütfen bana yardım eder misin?

Sevgiler,

Catherine..."

Notu hemşireye teslim edip babamın oda numarasını ona söyledim. O saatten sonrasını babamdan gelecek cevabı bekleyerek geçirmeye başladım. Bebeğimi kucağıma aldım ve "Çok yakında seni minik kız olarak sevmeyi bırakacağız, meraklanma. Bir ismin olacak..." dedim.

Bebeğimi kucağıma aldığım her an babam aklıma geliyor ve gözlerim doluyordu. Acaba notu okuyup bir cevap verecek kadar iyi değil miydi? Uykuda mıydı? Konuşma yetisinde hiçbir düzelme olmamış mıydı? Kalemi elinde tutup karar verdiği ismi kâğıda yazamıyor muydu?

Çok geçmeden bir hemşire odaya geldi ve bebeğimi bebek odasına götüreceğini söyleyip yanımdan ayrıldı. Artık tek başına kalmanın verdiği bitkinlikle iyice canım sıkılmaya başlamıştı.

Uykuya dalmanın en iyisi olacağını düşünerek başımı yastığa gömmek üzereyken kapı tekrar açıldı ve babama notu iletmesini istediğim hemşire yüzünde gülümsemeyle odaya girdi.

"Ne dedi?" diye sordum ona ancak "Haydi kalk bakalım, tekerlekli sandalyeye otur, biraz dolaşalım," karşılığını aldım. Beklediğim cevap kesinlikle bu değildi ve neler olduğunu anlamak istercesine yüzüne bakıyordum.

Beni tekerlekli sandalyeye yerleştirdi ve dar koridorda ilerlemeye başladık. Bebek odasının önüne doğru döndüğümüzde eşim ve babam camekânın önünde bekliyorlardı. Babamı tekerlekli sandalyesinde, sapasağlam görmek beni anlatamayacağım derecede şaşırtmıştı.

Gözyaşlarımı silmeye çalışırken dudaklarımdan "Babacığım," kelimesi dökülebildi yalnızca. Babam güçlükle elini kaldırdı. Bebek odasını işaret etti ve "Meredith, ona Meredith ismini verin," dedi.

Dedemin Kalemi

Arkamızda kalanlar ve ileride bizi bekleyenler,
içimizde olanlarla kıyaslandığında çok önemsizdir.

Ralph Waldo Emerson

Bundan üç ay önce büyükbabamın cenazesi için Viyana'ya gitmiştim. Uykusunda, sakin bir şekilde ölmüştü. Hayatımdaki en iyi insanlardan birini kaybetmiştim. O benim sadece büyükbabam değildi, çocukluğumdan beri en iyi arkadaşımdı.

Büyükannemle iki hafta boyunca bol bol vakit geçirsem de sanki karşımda başka biri vardı. O eski neşeli, canlı kadın gitmişti ve yerine başka birini koymuşlardı âdeta. Gözleri donuklaşmış, hareketleri yavaşlamıştı. Hayat arkadaşını kaybetmek ona çok ağır gelmiş olmalıydı. Buna rağmen bu süre içinde onun bir kez bile ağladığını görmemiştim.

Ona değişikliğin iyi geleceğini söyleyip benimle birlikte dönmesini teklif etsem de yuvalarını yalnız bırakmak istemediğini söyleyip teklifimi kibarca reddetti. Büyükbabamın anısı bu kadar tazeyken evden ayrılmak istememişti muhtemelen.

Son gecemde büyükannem bana seslenip beni yanına çağırdı. Yatak odalarına gittiğimde yatağın üzerinde oturuyor ve bana gülümseyerek bakıyordu. Büyükbabama ait bir şey isteyip istemediğimi sordu. Saatlerini, kol düğmelerini, gömleklerini gösterdi teker teker. Büyükbabam durumları iyi olmasına rağmen gösterişi sevmeyen, mütevazı bir insan olduğu için çok özel bir şey istedim. Günlüğünü yazarken kullandığı kalemi. Büyükbabam yazı yazmayı çok severdi ve o kalemle kim bilir ne anılarını yazmıştı.

Büyükannem, kalemin nerede olduğunu bilmediğini hatta onu uzun süredir görmediğini söyledi. Buna nedense inanmak istemedim ama bir şey de demedim. Çünkü o kalemin ne kadar özel olduğunu çok iyi biliyordum. Onun yerine bir çift kol düğmesi alıp konuyu kapattım.

Ardından odama gidip ertesi sabah erkenden yola çıkacağım için hemen uyudum. Ancak aradan çok geçmeden yatak odasından gelen bir ses yüzünden uyandım. Merak edip odanın kapısına gittiğimde, büyükannemin sessizce ama arada bir hıçkırarak ağladığını gördüm. Büyükbabamın sandalyesinde oturuyordu. Tam arkamı dönüp gidecekken bir şey dikkatimi çekti. Büyükannem masada oturmuş, bir şeyler yazıyordu. Ve sonra kalemi gördüm. Demek ki onun için de çok değerliydi ve bu yüzden bana bile vermek istememişti. Beni kırmak istemediği için de kalemin nerede olduğunu bilmediğini söylemiş olmalıydı. Onu sevgi dolu gözlerle bir süre izledikten sonra odama döndüm.

Ertesi sabah hiç istemesem de büyükannemden ayrıldım. Ona sıkı sıkı sarılıp ne zaman isterse bana gelebileceğini söyledim.

Döndükten sonra sık sık onu aradım. Sesi günden güne iyileşiyor, hayatı eski düzenine dönüyordu. Bu iyiye işaretti. Demek ki hayata geri dönmüştü.

Derken bir gün, büyükannemin komşusu Sandra Teyze beni aradı. Büyükannem öğlene kadar evden hiç çıkmayınca onu merak etmiş, kapısını çalmış, cevap gelmeyince iyice telaşlanmıştı. Bunun üzerine bir çilingir çağırıp kapıyı açtırınca büyükannemin uykusunda öldüğünü görmüş.

İlk uçağa binip büyükannemin evine gittim. Evi bomboş görünce gözyaşlarımı tutamadım. Çocukluğumun en güzel ikinci insanını da kaybetmiştim. Gözlerimden yaşlar süzülürken yavaş yavaş evi gezmeye başladım. Yatak odasına geldiğimde ne yapacağımı bilmeden yatağın üzerine oturdum. Etrafıma bakınırken büyükbabamın çalışma masasının üzerinde büyükçe bir kutu gördüm. Ayağa kalkıp kutunun yanına gittiğimde, üzerinde adımın yazılı olduğunu gördüm. Bunu beklemiyordum açıkçası.

Yaşlı gözlerle bir süre kutuyu inceledikten sonra hıçkırıklara boğularak kutuyu açtım. İçinde daha ufak kutularda, büyükannemin takıları vardı. Gün gelecekti ve ben de bu takıları kendi çocuklarıma verecektim. Çocuklarıma, hayatıma girmiş bu iki mükemmel insandan büyük bir gururla ve mutlulukla bahsedecektim. Onların torunu olduğum için ne kadar şanslı olduğumu her fırsatta dile getirecektim.

Takı kutularının altında farklı bir şey gördüm. Saman rengi kâğıda sarılmış bir paket vardı. Paketin içindeki her neyse üzerinde ince uzun bir kabarıklık vardı. Pakete dokununca o kabarıklığın, dedemin kalemi olduğunu anlamam çok sürmedi. Artık gözyaşlarım hiç durmadan akıyordu. Paketi açtığımda dedemin kalemiyle birlikte günlüğünün de orada olduğunu gördüm. Büyükannem onu son ziyaret ettiğim gece bu deftere yazı yazıyormuş meğer. Beni ne kadar çok sevdiğinden ve kalemi bana vermediği için üzüldüğünden bahsetmişti. Son yazısı da ölümünden birkaç gün önceydi ve bana yazılmış bir mektuptu. Hayatımdaki bu iki güzel insanı ölene kadar unutmayacağım.

Mavi Kâğıt

Sevgi, diğer bütün güçlerden çok daha heybetlidir. Görünmez, ölçülemez... Ancak yine de sizi bir anda değiştirebilir ve elle tutulabilen herhangi bir şeyden çok daha fazla mutluluk verir.

Barbara De Angelis

Öğretmenlik eğitimimi tamamladıktan sonra doğup büyüdüğüm kasabaya dönüp mesleğime başlamıştım. Bir zamanlar okuduğum sınıfta, şimdi üçüncü sınıf öğrencilerini okutuyordum. Okulun ilk günü bizler için pek de şaşırtıcı olmazdı. Küçücük bir kasabada herkes birbirini tanıyordu ne de olsa. O ilk sabah, herkes bahçede sevgiyle selamlaşır ve tatillerinin nasıl geçtiğiyle ilgili derin bir sohbete başlardı.

Bu yıl bir öğrenci için işler biraz daha farklıydı. Teddy buraya, uzak bir kasabadan gelmişti. Annesi ve babası bir çiftlikte çalışıyordu. Dört kardeşi vardı ve Teddy en büyükleriydi. Okulun ilk gününde bahçede, yalnız başına bir köşede dururken çekimser görünüyordu. Giderek sınıfımıza alışmaya başladı. Artık onun da arkadaşları vardı.

Eylül ayının sonuna doğru onu şapka ve eldiven listesine yazdım. Okul olarak, ihtiyacı olan çocuklara yardım ettiğimiz bir listemiz vardı. Teddy, şapkasına ve eldivenine kavuştuğunda çok mutlu olmuştu. Ders arasında bahçede koştururken onları takıyor, derse geldiğinde de dikkatlice çıkarıp sırasının altına yerleştiriyordu.

Bir gün ders bitip de çocuklar dağıldıktan sonra, sınıfa bir çekidüzen vermek için sınıfta kalmıştım. Sırasını çektiğim anda Teddy'nin eldivenlerinden birinin düştüğünü gördüm. Eldiveni kaldırıp onu sıranın altına koymak için eğildiğimde, sıranın altında eldivenin diğer tekini de gördüm. Dahası, şapkası da oradaydı…

Ertesi gün Teddy'yi yanıma çağırdım ve ona eldivenlerini ve şapkasını neden takmadığını sordum. "Evde küçük kardeşlerim var ve bu yüzden bir yere koyduğum eşyamı kesinlikle sonradan orada bulamıyorum. Onları kaybetmek istemedim. Bu yüzden de eve götürmedim," diye kendini açıkladı.

Teddy'nin kendiyle ilgili gurur duyacağı çok şeyi yoktu. Derslerinde çok başarılı sayılmazdı ama çabaladığını görmek yeterliydi. En sevdiği ders resimdi ve bu konuda gerçekten de yetenekli olduğunu görmek zor değildi. Evinde resimle ilgili hiçbir malzemesi olmadığını bildiğim için ne zaman kâğıt ya da boya kalemi istese ona verirdim. Gerçekten de takdir edilecek çalışmalar ortaya koyuyordu. Öz güvenini arttırması için ona bu konuda her zaman destek oluyordum. Hatta sınıfta resimle ilgili birkaç proje yapıp başarısını arkadaşlarına da göstermesini sağladım ve bu, onda kayda değer bir davranış değişikliği yarattı. Artık kendini daha kolay ifade edebiliyordu. Bir konuda oldukça iyi olduğunun farkındaydı ve bu durum ona güç veriyordu.

Yeni yıl zamanı geldiğinde bütün çocuklar için birer hediye almıştım. Her öğrenciyi yanıma çağırıp hediyeyi vereceği kişiyi söylüyor ve paket kâğıdı veriyordum. Onlar da bu küçücük hediyeleri günü geldiğinde arkadaşlarına vermek üzere paketliyordu. Teddy de sıra arkadaşı için bir hediye seçmişti ve verdiğim mavi paket kâğıdıyla hevesle sırasına dönmüştü.

O yıl, veliler aralarında konuşup durumu iyi olan aileler olarak bana bir hediye almaya karar vermişlerdi. Çocukların da bu işte bir sorumluluk hissetmesi adına, yemeklerinden artan 25 sentlik paralarını toplayacaklarını onlara söylemişlerdi. Öğle yemeğinde kantinden dönen birçok çocuk ellerindeki 25 sentleri birbirlerine göstererek gülümsüyordu. Böyle bir durum olduğunu anlamam uzun sürmedi. Neyse ki sınıftaki durumu kötü olan çocukların kırılmasını gerektirecek bir durum ortaya çıkmıyordu. Alınan hediyenin üstünde her birinin ismi vardı…

Sınıfımızda yeni yıl kutlaması yaptığımız gün hep birlikte bir şeyler yedik. Çocuklar, hazırladıkları hediyeleri arkadaşlarına verdi. Teddy o gün benden yeni bir paket kâğıdı daha istedi. Ne yapacağını anlamamıştım ama memnuniyetle verdim ona paket kâğıdını. Bir süre sonra gelip bir parça bant istediğinde merakım giderek artmaya başlamıştı. Ne yaptığını anlayamadan gün bitti ve çocukları evlerine uğurladım.

Dersten sonra etrafı toplayıp çıkmak üzereyken Teddy'nin masasında küçük bir mavi paket buldum. Paketin içinde küçücük bir kâğıda yazılmış bir not vardı. Gözlerimi yaşlarla dolduran notta şöyle yazıyordu:

"Biricik öğretmenim,

Siz her zaman benim yanımda oldunuz. Ben bunun değerini çok iyi biliyorum. Size yeni yıl için bir hediye alamadım. Bunun için çok üzgünüm ama sahip olduğum tek şeyi size vermek istiyorum.

Mutlu yıllar,

Teddy."

Kâğıda bant ile tutuşturulmuş olan 10 senti gördüğüm anı asla unutamam. Teddy'nin sahip olduğu tek şey oydu ve Teddy bunu bana vermek istemişti...

Kantinden Günümüze

Verme işlemini genellikle verdiğimiz hediyeler olarak düşünürüz. Oysa verdiğimiz en değerli şeyler: zamanımız, nezaketimiz ve tesellimizdir. Bu küçük şeyleri, onlara kendimiz gereksinim duyuncaya kadar önemsiz olarak değerlendiririz.

Joyce Hifler

Üniversiteye ilk başladığım sene, babam hayatın zorluklarını öğrenmem için okulun kantininde çalışmam konusunda çok ısrar etti. Çok büyük bir okul olmasa da özel bir okulduk ve öğrenciler, isterlerse kantinde belli başlı işleri yaparak günlük yemeklerini bedavaya getirebiliyorlardı. Okulum evimizden uzak olduğu için yurtta kalıyordum ama günün büyük bir kısmını okulda geçirdiğim için yurtta yemek yeme şansım olmuyordu.

Babam bu fikre âdeta âşık olmuştu. Bense bu fikri pek sevmemiştim. Babam ise para kazanmanın ne zor olduğunu görüp okumanın kıymetini daha çok anlayacağım için bana, kantinde çalışırsam aylık yüz dolar göndereceğini söyleyerek beni ikna etti. Aylık yüz dolar, bir öğrenci için büyük bir para olduğu için babamın teklifini kabul ettim.

İlk birkaç ayım oldukça zorlu geçti. Defalarca pes etmeyi düşündüm. Çalıştığım yer kantin olsa da yapılacak çok fazla iş vardı. Öğrencilere tost hazırlamak, kahve makinelerinin temizliğini yapmak, kullanmayı hiç bilmediğim fritözlerde patates kızartmak, ortalığı toplu tutmak ve daha nicesi... Her gün yurda döndüğümde kollarımı ağrıdan kullanamıyor, üzerimdeki yağ kokusunu çıkarmak için dakikalarca banyoda kalıyordum.

Bir gün yine isteksizce işe gidip günlük hazırlıklarımı yapmaya başlarken daha önce hiç görmediğim bir çocuk geldi yanımıza. Uzun boylu, yakışıklı bir çocuktu ve güzel gözleri vardı. Sanırım o da burada çalışacaktı. Gelir gelmez bana gülümseyince ben de gülümseyerek karşılık verdim.

"Merhaba, benim adım Michelle," dedim. "Aramıza hoş geldin."

Yeni çocuk belli ki Almanca bilmiyordu. Bana şaşkın şaşkın bakıyordu. O sırada kantin sorumlusu Bayan Marta yanıma gelip, "Kendisi Erasmus programı ile İspanya'dan yeni geldi. O yüzden Almanca bilmemesi normal," deyince aynı cümlemi, başta durumu açıklayarak bu sefer İngilizce söyledim.

O da çok iyi olmayan İngilizcesiyle, "Merhaba, ben de Carlos. Tanıştığıma memnun oldum," dedi. Çekingen birine benziyordu çünkü kısık bir sesle, yüzüme bakmaya utanarak konuşuyordu. O yüzden çok üstüne gitmedim ve ona kantini tanıttım.

Carlos da benim buraya ilk geldiğim günkü gibiydi. Etrafa "burada ne işim var?" der gibi bakıyordu. Bayan Marta ona önlüğünü verip işe koyulması gerektiğini söylediğinde sanki bir uzaylı görmüş gibi ona uzatılan önlüğe baktı. Gülmemek için kafamı başka tarafa çevirip işlerime odaklanmaya çalıştım. Carlos ile eğleneceğiz gibi gözüküyordu.

Günler geçiyor ama Carlos, gerekmedikçe konuşmuyordu. Sadece iş için birkaç şey soruyor ya da ona bir şey sorulduğunda cevap veriyordu. Bu çocukta değişik bir şey vardı. Ve ben, bunu ortaya çıkarmayı kafama koymuştum. Ama bunun için önce arkadaş olmalıydık.

Bir gün ona, buraya yeni geldiği için yalnız olabileceğini düşünüp, şehirde ufak bir tur attırmayı teklif ettiğimde başta şaşırsa da, teklifimi kabul etti. O gün, hayatımın en güzel günlerinden biriydi çünkü tanıdığım kısa süre boyunca hiç konuşmayan ve gülmeyen bir insanı konuşturmayı ve güldürmeyi başarmıştım. Gün sonunda dinlenmek için yemek yerken bana başından geçenleri anlatmaya başladı. Meğer Carlos çok zengin bir aileden geliyormuş ama derslerine çalışmadığı için babası onu buraya göndermiş ve çalışmak zorunda bırakmış. Yani babalarımız aynı düşünüyordu. Carlos, bunun utanç verici bir şey olduğunu ve bu yüzden insanlara yaklaşmaktan çekindiğini, çünkü kendisiyle dalga geçeceklerini söylediğinde gülümsedim. Benim de durumumun aynı olduğundan, bunda utanılacak hiçbir şey olmadığından ve bu gibi durumların bizim okulda çok yaygın olduğundan bahsettim. Bunun üzerine Carlos'un neşesinin yerine geldiğini gözlerimle gördüm.

Birlikte şehir turuna çıktığımız günden sonra, her hafta

farklı bir aktivite yapmaya başladık. Derslerin büyük bir kısmı Almanca olduğu için ona Almanca çalıştırmaya da başladım. Birlikte gerçekten güzel vakit geçirsek de senenin sonuna doğru hızla ilerliyorduk. Bu da Carlos'un İspanya'ya geri döneceği anlamına geliyordu.

Ancak sonra çok tuhaf bir şey oldu. Bir sabah yine okula giderken Carlos'tan bir mesaj geldi. Kantindeki işler bittikten sonra onunla dışarıdaki bir kafede buluşup buluşamayacağımı soruyordu. Ben de öğleden sonra dersim olmadığı için teklifini kabul ettim. Muhtemelen bana veda etmek istiyordu çünkü artık çok az vakti kalmıştı.

Kafeye doğru yürürken attığım her adımda mutsuzluğum artıyordu sanki. Onun gidecek olmasına neden bu kadar üzülmüştüm ki? Yoksa?.. Hayır, hayır…

Kafeye gittiğimde Carlos bir masaya geçmiş oturuyordu. Önünde de ne olduğunu anlamadığım, büyük bir zarf duruyordu. Karşısına oturup selam verdikten sonra siparişlerimizi verdik. Havadan sudan konuşuyor, ısrarla gidişinden bahsetmiyorduk. Derken bana masanın üzerindeki zarfı uzattı ve açmamı söyledi. Zarfın içinde bir zarf daha olduğunu, önce onu açmamı söylediğindeyse iyice kafam karışmıştı. Zarfın içindeki küçük zarfı açtığımda gözlerime inanamadım. Carlos, benden öğrendiği kadarıyla Almanca bir şeyler yazmaya çalışmıştı. Hataları vardı evet ama verdiği mesaj çok açıktı: "Seninle çok mutluyum ve eğer sen de istersen, kız arkadaşım olmanı istiyorum." Gözlerim dolu dolu ona baktım. "Bunu çok isterim ama imkânsız olduğunu sen de biliyorsun. Sonuçta gidiyorsun," dedim. Carlos bir şey demedi ve büyük zarfı işaret etti. Ben de hiçbir şey söylemeden büyük zarfın içindeki tek bir dosya kâğıdını çıkarıp okumaya başladım. Bu doğru olamazdı! Elimde, Carlos'un İspanya'daki kaydının bizim okula alındığını onaylayan bir belge tutuyordum! Sevinçle ayağa fırladım ve gidip Carlos'a sarıldım.

İşte, kızım Salome'un babası ve sevgili eşim Carlos ile tanışma hikâyem bu. Şimdi hep birlikte İspanya'da, sevimli bir evde yaşıyoruz. İkimizin de şikâyet ederek gittiği o kantinden bu günlere geleceğimizi kim bilebilirdi ki?

Ruhumuzda yıldızlar gizlidir.
Olabildiğince yükseğe uzanın.
Amaçtan önce düşler gelir.
Olabildiğince derin
düşlere dalın.

Pamela Vaull Star

Doğru Hediye

Bir adamı rahat ve ferah içinde bulunduğu zaman nerede durduğuyla değerlendiremezsiniz. Gerçek ölçü, zor zamanlar ve sıkıntılı anlarda nerede durduğudur.

Martin Luther King Jr.

Bundan çok değil, yalnızca birkaç hafta kadar önce oğlumla yemek yiyorduk. Konu nasıl olduysa, birdenbire kadınlara geldi. Günün birinde oğlumla kadınlar hakkında derinlemesine bir konuşma yapmam gerektiğinin farkındaydım ama farkında olmadan bu konuşmadan kaçıp duruyordum. Aslında her babanın oğluyla konuşması gereken şeylerdi bunlar, ancak uygun zaman olmadığını düşünerek ertelemek daha kolay oluyordu. Yemekte açılan sohbet üzerine, kadınlar hakkında bugün konuşmamız gereken konu netleşmişti: Kadınlara nasıl hediye alınır?

Bu soru, birçok erkeği dipsiz bir kuyuya sürüklemiştir. Erkeklerin bu konudaki başarısızlığına her nesilden örnekler verilebilir. Örneğin, ilk olarak babamı örnek gösterebilirim. Bundan yıllar önce, bir Sevgililer Günü'nde anneme bağlılığını, sadakatini ve evet, içindeki aşkın ne kadar kuvvetli olduğunu göstermek için bir elektrikli battaniye aldı. Annemin, paketi açtığında yüzünde beliren ifadeyi asla unutamayacağımı söylemek istiyorum... Babam ise o ifadeye hiçbir anlam verememişti. Bu satırları okuyan ve bu anı mutlaka daha önce yaşamış olan birçok erkek beni kesinlikle anlayacaktır. Babamın zihninden geçenlere göre, bu hediye oldukça kullanışlı, son model bir hediyeydi. Annem daha fazla ne istiyor olabilirdi ki?

Aklıma gelen tek örnek babam değil elbette ki... Bir diğer talihsiz olay da kuzenim Mark'ın başına geldi. Aslında buna talihsiz demek ne kadar doğru bilemiyorum. Mark, sevgili eşine doğum gününde elektrikli bir matkap almıştı. Paketi açtığında Lily'nin yüzünün aldığı şekli unutmak mümkün değil... Mark'ın büyük bir hararetle kendini savunuşu da gözlerimin önünden gitmiyor. "Ne var canım bunda? Uzun zamandır ihtiyacımız olan bir şeydi..." deyip duruyordu. Neyse ki Lily hediye paketini açtığında matkap çalışabilir durumda değildi.

Bu iki örneğe ve aklıma gelen diğer tüm örneklere bakarak rahatça söyleyebilirim ki, erkeklerin hediye alırken düştüğü hata alacakları hediyenin bir işe yaraması gerektiğini düşünmeleri. İşe en büyük hata burada başlıyor! Bir kadına alınacak olan hediye asla ve asla işe yarasın diye alınmamalı hatta mümkünse alınacak şey hiçbir işe yaramamalı...

Bunu daha iyi açıklamak gerekirse, iki hediye düşünüp aradaki farklara bakabiliriz. Düşüneceğimiz bu iki hediye temelde aynı işi yapıyor olsun...

Örneğin; ilk hediye, bu işi bilen kişilerin bir elektronik tasarım harikası olarak nitelendirdiği, kendi kendini şarj edebilme özelliğiyle gözleri dolduran, kesintisiz olarak sekiz saat kullanılabilen bir masa lambası olsun.

İkinci hediye ise, etrafı minik minik kalplerle yontulmuş, bırakın çevresini, kendisini bile zorla aydınlatan bir kokulu mum olsun.

Bu iki hediyenin kıyaslanması istense bir erkeğin cevabı çok nettir. Birinci hediye, ikincisinden kat kat daha kullanışlı ve üstün bir hediyedir. Aynı kıyaslama bir kadına sorulduğunda ise, ikinci hediyenin daha iyi olduğu cevabı alınır. Nedendir bilinmez kadınlar, ancak titrek bir ışık yayabilen, loş mum ışığı altında oturmaya bayılırlar. Nedenini bilen kimse var mıdır bilmiyorum, ben kesin olarak bilmiyorum…

Tüm bunları oğluma anlattığımda onun da gözleri endişeyle kocaman olmuştu. Ancak kaçabileceği bir yer olmadığının da farkına varmıştı. Bir kız arkadaşı olduğunda, o kız arkadaşı doğum gününde, yeni yılda ya da onlar için anlamı olan özel bir günde ona güzel ambalajlarda paketlenmiş, yanına bir kart iliştirilmiş bir paket uzatacaktı. Ve oğlum da artık, "Teşekkür ederim işte bu da senin için çok işe yarar bir hediye, buyur lazım olur…" dememesi gerektiğini biliyordu.

Oğluma bu durumun giderek daha da karmaşık bir hâl alacağını da anlattım. İleride, nişan hediyeleri, düğün öncesi ve düğün sonrası hediyeleri, bebek hediyeleri gibi durumlarla işler daha da karışacaktı. Bu tip kutlama günleri erkeklerin egemenliğinde olsaydı, bunların hiçbiri olmazdı ama kadınlar bu tip günleri hevesle bekler ve yönetirlerdi. Eşim bu konuda biraz daha değişik özelliklere sahip mesela... Geçen günlerde bir alışveriş merkezinde gezerken, hiçbir erkeğin adım atmadığı, çeşitli hediyelik eşyalarla dolu bir mağazaya adımını attı ve oranın büyüsünden dakikalarca kurtulamadı... İçine bir atom molekülünden daha fazlasının sığamayacağı bir kutu aldı ve yanına da üzerinde güzel bir söz yazan bir kart iliştirdi. Bunu kimin için aldığı hakkında bir fikri bile yoktu. Güzeldi ve mutlaka birine verilebilirdi...

Milyonlarca kadın alışveriş merkezlerinde bu tip şeylerle uğraşırken, erkekler de evlerinde bir maçta yaşanan pozisyonları yüzlerce farklı açıdan izlemekle meşgul olur. Bu savaşta kazanan taraf olmadığını iki taraf da artık kabullenmiş durumda...

İşte oğluma tüm bunları anlatmış oldum. Üzerine konuşulacak daha çok şeyler olsa da, bunları konuşmaya bir yerinden başlamış olduk... Bir gün gelecek ve oğlum, "Bu elbise içinde şişman mı görünüyorum?" diyen bir kadına doğru cevap vermeyi de öğrenmiş olacak. Ve sakince gözlerini kapatıp ölü taklidi yapacak...

Beş Çocuk Annesi

Annelerde kırık parçaları yapıştıran

sihirli bir tutkal vardır.

Pam Brown

Beş çocuklu kocaman bir ailede büyüdüm. Ortanca çocuk olarak bir abla, bir ağabey, iki de kız kardeş sahibiyim. Hayatım boyunca herkesten sanki ailemde hiç sevgi görmüyormuşum gibi bir muamele gördüm. Oysa bu hiç de doğru değildi. "Beş çocuklu bir ailede annenin bütün çocuklara yetmesi imkânsız!" gibi eleştirilerle sık sık karşılaşsa da annem böyle düşünmüyordu.

Çocukluk zamanlarımızda annemin bizleri etrafına toplayıp yüreğinin nasıl altı eşit parçaya bölündüğünü ve bu parçaların bizlere ve babama ait olduğunu anlattığı günleri hatırlıyorum. Biz her seferinde bu sözleri heyecanla dinler ve annemizin bize olan sevgisinden emin hâle gelirdik. Annem bu zor durumun altından nasıl kalktı bilmiyorum ancak ne ben ne kardeşlerim ne de babam hiçbir zaman ihmal edilmiş duygusuna kapılmadık. Onun hepimize ayıracak vakti vardı. Ablam ağlayarak eve gelip odasına kapandığında kapıyı çalan ilk kişi annem olurdu. Ağabeyim okuldan neşeyle eve geldiğinde, gün içinde neler yaptığını dinleyen ilk kişi gene oydu. Katıldığım yarışmaları en ön sıradan, heyecanla izleyen kişi de yine annemden başkası değildi. Kız kardeşlerim giyecekleri bir kazak yüzünden kavgaya tutuştuklarında annem gelir ve ortamı sakinleştirerek olayı çözerdi.

Çok büyük bir konu olmadığı sürece, sakinliğinden asla taviz vermez ve usulca her şeye bir çözüm bulurdu. Bizlere hiçbir zaman, "Buna ayıracak vaktim yok," dediğini hatırlamıyorum. İşte şimdi de yine aynı şey oluyordu. Ben evimi taşımak üzere hazırlıklarımı yapıyordum ve bunu bir telefon görüşmesinde anneme de söylemiştim. "Gel," demem bile gerekmeden annemi kapıda buluvermiştim. İşte yine ihtiyacım olan bir anda yanı başımdaydı.

Yuvaya başladığım zaman çok küçüktüm. Henüz dört yaşında bir çocuk olarak on beş kadar çocuğun arasına bırakılınca kendimi korkmuş hissetmeliyim ki bütün gün ağlamışım. Öğretmenler sonunda dayanamayıp annemi aramış ve beni o günlük almasını istemişler.

Annem geldiğinde koşarak ona sarılıp ağlamaya devam etmişim. Annem o gün bana, eğer kendimi korkmuş, yalnız ve endişeli hissedersem onu düşünmem gerektiğini söyledi. Yuva zamanlarımdan başlayıp bugünlere kadar her zaman onun bu sözünü aklımda tuttum ve ne zaman başım sıkışsa, bunalmış olsam annemin o güzel gülümsemesini ve bana, "Her şey yoluna girecek..." deyişini düşündüm. İşe yaradığına dair inancım tam. Çünkü bu şekilde annemi düşündüğüm zamanların çoğunda telefonum çalmaya başlar...

Nerede olursam, ne yapıyor olursam olayım annem, benimle her şeyi ilk anda paylaşan kişidir. Bir gün onu kaybedersem ne yapacağımı düşünmeye başlar oldum ister istemez... Ama düşündükçe de annemi her zaman yanımda hissedeceğimi anlamış oldum. Çünkü annem tüm güçlerini beşimizin arasında bölüştürmüş gibiydi. Bu yüzden de kendimi asla yalnız hissetmeyeceğime eminim.

Koşuşturduğum işlerin arasında annemin esprili birkaç kelimesini duymak istediğimde ablam Christina'ya ulaşacağım. Çünkü o büyütmekte olduğu dört çocuğa ve ev işlerine rağmen her zaman bizlere ayıracak zamanı bulabiliyor, tıpkı annem gibi...

Bir sıkıntım olduğunda ve kendimi bunu çözemeyecek gibi hissedersem ağabeyim Mark'ı arayacağım. Çünkü Mark annemin sakinliğe ve onun olaylara karşı olan düşünceli yaklaşımına sahip.

Hayat çok sıkıcı gelmeye başladığında ve eğlenmeye olan ihtiyacımı fark ettiğim zamanlarda kız kardeşlerim Lexie ve Magie'yi arayacağım. İkisi de tıpkı annem gibi yaşanan her şeyde bir mucize olduğuna ve bunları göz önünde bulundurup mutlu olmamız gerektiğine inanıyorlar.

İşte şimdi, annemle birlikte taşınacağım yeni eve doğru bir yolculuk yapıyor ve güzel şeylerden bahsedip gülüp eğleniyoruz. Bütün kardeşlerimi bir bir düşünüyorum ve annemin beş çocuğa sahip olmasını bir şükür olarak görüyorum. Beşimizin de bu hayata dair güzel şeylere sahip olmamızın ve birbirimizi tamamlıyor olmamızın sebebi olan annemin omzuna başımı yaslıyor ve ellerini sımsıkı tutuyorum. Bizleri elinden gelen en iyi şekilde yetiştirdiğin ve birbirimize emanet ettiğin için teşekkürler anneciğim…

Taştan Kalp

Mutluluğu tatmanın yegâne çaresi onu paylaşmaktır,
çünkü mutluluk ikiz doğar.

Lord Byron

Her genç kız gibi ben de özel günlerde gül, çikolata, çiçek ya da pahalı takıların en güzel hediyeler olduklarını düşünüyordum. Bunda tabii ki gördüğümüz reklamlar, arkadaşlarımız ve yakın çevremiz etkiliydi.

Ancak öyle değilmiş.

Erkek arkadaşım Mark ile ilk Sevgililer Günü'müz yaklaşıyordu ve ben, bunu nasıl daha özel bir güne dönüştürebileceğimizi düşünüp duruyordum. Kendisi pek romantik biri sayılmazdı. 8 aydır beraberdik ve çok nadiren duygularını gösterirdi. Ama ben, onun pamuk gibi bir kalbi olduğunu çok iyi biliyorum.

Sevgililer Günü'ne birkaç gün kala bir kafede otururken durduk yere, "Hayatında hiç romantik bir şey yaptın mı?" diyerek ona takıldım. Biraz durup düşündükten sonra, "Şey, hayır," dedi.

Mark'ın romantik biri olmayışında yaptığı işin büyük bir etkisi var. Kendisi inşaat mühendisi olduğu için tüm hayatını bir sürü erkek arasında, zor şartlar altında çalışarak geçirmiş. Bu yüzden kadınlara nasıl davranılacağını, nelerin romantik olduğunu pek bilmiyor. Yemeklerimizi yerken, "Yarın, yeni yaptığımız restoranın kaldırımına yeni beton döküp açılışa tamamen hazır hâle getireceğiz," dedi.

Bu restoran için ne kadar uğraştığını bildiğimden çok sevindim ve onu tebrik ettim. Mark için gerçekten büyük bir projeydi bu restoran.

Sevgililer Günü'nde beni o restorana davet ettiğinde, o günün çok özel olacağını anlamıştım. En sevdiğim elbiselerimden birini giyip güzelce hazırlandım.

Restoran gerçekten çok güzel olmuştu. En güzel masalardan biri, bizim için ayırtılmıştı. Yemek siparişini verdikten sonra Mark çantasından bir karış boyunda bir kutu çıkartıp kutuyu bana uzattı. Kutuyu açtığımda gözlerime inanamadım. Evet, Mark romantik biri değildi belki ama kutunun içindeki taştan kalp, onun kendince romantik olma yöntemiydi. Muhtemelen açılıştaki çimentodan yapmıştı bunu, çünkü üzerinde isimlerimizin baş harfleri kazılıydı. Ben mutlulukla Mark'ın gözlerinin içine bakarken taşın arkasını çevirmemi söyledi. Kalbi çevirmek için elime aldığımda, taşın altından pırlanta bir yüzük çıktı. Taşı çevirdiğimde ise ağlamaya başladım çünkü arkasında, "Benimle evlenir misin?" yazıyordu.

O gece Mark, bana hayatım boyunca alabileceğim en güzel hediyeyi vermişti. O taşı ömrümün sonuna kadar saklayacağım.

Meşe Ağacı

Her zaman, sevginizin, nefret ya da öfke duygusundan daha fazla olmasına önem verin. Uzlaşma bilgeliğine ulaşın, çünkü eğilmek kırılmaktan daha iyidir.

H. G. Wells

Yazlık evimizde ufak tefek tadilatlar yaptırmamız gerekiyordu. Bunun için becerikli birini bulmalıydım. Çevremdeki insanların verdiği tavsiyeler sayesinde Tim ile tanıştım.

Tim, kırklı yaşlarında, iyi yürekli, işinde oldukça yetenekli biriydi. Kendisiyle telefonda iletişime geçmiş ve hafta başında yazlık evde buluşmak üzere sözleşmiştik.

Ben erken saatte orada olmama rağmen Tim'den ses yoktu. Anlaştığımız saatin üzerinden yarım saat geçtiğinde bahçeye doğru yürüdüm ve telefonumu cebimden çıkardım. Tam onu aramak üzereyken eve doğru yaklaşan aracı gördüm.

Tim arabadan indiğinde yüzünde öfkeli ancak mahcup bir ifade vardı. İşteki ilk günü zorlu başlamıştı. Yolda patlayan lastiği ona zor anlar yaşatmıştı ve o da bir taksiye atlayıp buraya gelmişti. Sohbet edip bir bardak kahve içtikten sonra Tim artık işe başlaması gerektiğini söyleyip ayaklandı.

Ancak aksilikler onun peşini bırakmıyordu. Öncelikle, cebinden çıkardığı küçük radyosu çalışmayı reddetti. Ardından matkabı bozuldu. Tüm bu aksiliklere rağmen çalışmaya öğle yemeği dışında ara vermedi.

Akşam saati geldiğinde onu evine bırakabileceğimi söylediğimde çok memnun oldu. Tarif ettiği adrese yaklaşmaya başladığımda, ailesiyle tanışmam için beni evlerine davet etti. Oldukça kötü bir gün geçiren bu adamın teklifini reddedemedim ve arabadan inip evine doğru yürümeye başladık. Tim, evinin önündeki bahçede duraksayınca ben de ne olduğunu anlamak için arkama döndüm. Geriye baktığımda Tim'in bahçe kapısının girişindeki meşe ağacının dallarına dokunduğunu ve derin bir nefes aldığını gördüm.

Ona baktığımı fark edince yüzüne bir gülücük yerleştirdi ve benimle birlikte yürümeye devam etti. Kapı açıldığında neşeyle çocuklarına sarıldı ve beni eşiyle tanıştırdı. Keyifli bir akşam geçirdik. Tim'in çocukları benimle çok iyi anlaşmıştı. Saat ilerleyince kalkmak adına izinlerini istedim. Tim de beni yolcu etmek için kapıya çıkmıştı. Bahçe kapısının yanındaki meşe ağacını işaret ederek, "Akşam içeri girmeden önce orada derin bir soluk aldığını ve dallarına dokunduğunu gördüm. Bir anlamı var mı senin için?" diye sordum.

"O benim sıkıntılarımın durağı. Gün içinde ister istemez birçok olumsuzluk yaşıyorum. Ama emin olduğum bir şey var ki, işte o da bu sıkıntıların ne eşime ne de çocuklarıma ait olduğu... Bunun için her akşam eve girmeden önce derin bir nefes alıyor ve sıkıntılarımı o ağaca emanet ediyorum. Sabahları tekrar baktığımda sıkıntılarımın çoğunun gittiğini fark ediyorum. Öfkeyle geçecek her dakikamı aslında mutluluğumdan çaldığımın farkındayım. Bu yüzden kendime böyle bir yol buldum."

Tim'in verdiği bu cevap beni derinden etkilemişti. Bütün gün yaşadıklarını evdekilere yansıtmamak için olan çabası takdire şayandı. Yazlık evimizin tadilatı sırasında ondan birçok şey öğrendim ancak en çarpıcı olanı buydu. Ve ben de sıkıntılarımı kapının önündeki erik ağacına emanet etmeye başladım.

Asıl Zenginlik

Kendinizle barışıncaya kadar, elinizdekilerden mutlu olmanız mümkün olmayacaktır.

Doris Mortman

Anne baba olmak bir çocuğu dünyaya getirmek demek değildir sadece. Bazen öyle durumlar vardır ki, ebeveynliğin gerçek değeri bu tip anlarda belli olur. Örneğin evlatlarını fakirlik içinde büyüten ancak onlara bunu yansıtmayan, hissettirmeyen anneler ve babalar çok daha özeldir.

Henüz ilkokula başlamış bir çocuk olarak fakir olduğumuzun bilincinde değildim. Her şeyim vardı bana göre. Her zaman oyunlar oynayıp vakit geçirdiğim kardeşlerim, çok yeni olmasalar da oyuncaklarım... Kitaplarımız da vardı evde. Bazıları biraz eskiydi ama vardı işte. Bezden yapılma bir bebeğim vardı. Annem onu kendi elleriyle dikmişti eski kumaş parçalarından. Tek düğmeli bir elbise bile vardı üzerinde! Her akşam yatmadan önce annem saçlarımı tarar, örerdi. Ayakkabılarımın boyasını en az ayda bir tazeler, daha güzel görünmelerini sağlardı.

Okulda da çok mutluydum. Okumayı söken ilk öğrenci ben olduğum için ödüllendirildim. Sınıf başkanı seçilmiştim.

Dersten hemen önce sınıf defterini öğretmenler odasından alır, ders bitince de gidip yerine bırakırdım. Bu bana verilmiş bir sorumluluktu ve bu işi yaparken keyif alıyordum.

Yine bir gün okulun öğretmenler odasına çıkan merdivenlerini tırmanırken iki erkek çocuğunun pencerenin önünden bana baktığını gördüm. Aralarındaki fısıldaşma dikkatimi çekmişti. Yanlarından geçerken, "Bak işte, o fakir kız," dediklerini duydum.

Bir anda yüzüm kıpkırmızı kesilmişti. Boğazımda bir şeylerin düğümlendiğini hissettim. Aralarında gülüştüklerini fark ettiğimde koşar adımlarla oradan uzaklaştım. Bütün günüm korkunç bir şekilde geçmişti. Zihnimde o çocukların söylediği şey dönüp duruyordu.

Nihayet gün bittiğinde, içimdeki öfkeyle birlikte evin yolunu tuttum. O çocukları düşünmeden edemiyordum. Acaba neden fakir olduğumu düşünmüşlerdi? İşte o anda gözlerim yanından geçtiğim vitrine takıldı. Camekânda yansımamı görebiliyordum. Eteğimin uçlarının ne kadar yıprandığını daha önce fark etmemiştim. Sonra tekrar baktım kendime. Kıyafetimin rengi öylesine soluktu ki…

Eve vardığımda artık bir sürü şeyi fark etmiş ve kendime iyice acımaya başlamıştım. Sanki kendi yuvama değil de bir başkasının evine giriyormuşum gibi geldi. Kapının soyulmuş boyasından, mutfak raflarındaki örtülerin eskiliğinden, her şeyden ama her şeyden olumsuz bir duygu alıyordum. Annemin beni güler yüzüyle karşılaması bile neşemi yerine getirememişti. Ona beklediği sıcak tepkileri vermeden üç kardeşimle paylaştığım odama gidip kapıyı kapattım.

Akşam yemeği saatine kadar da oradaydım. Annem yemeğin hazır olduğunu bildirmek için seslendiğinde isteksizce yatağımdan kalktım ve mutfağa doğru gittim. Henüz babam salondan gelmemişti. Bu arada bir cesaret bularak anneme, "Anne biz fakir miyiz?" diye sordum. Annemin bir şeyleri açıklamaya çalışacağını düşünüyordum. O ise kısa bir süre sessiz kaldı ve sonrasında da dönüp gözlerini gözlerime kilitledi. "Fakir mi?" dedi. Sonra önüne dönüp çorbayı kâselere doldurmaya devam etti. "Hayır, biz fakir değiliz. Sahip olduğumuz şeyleri bir düşün bakalım. Sence fakir miyiz?" diyerek gözleriyle sofraya dizilmiş olan kardeşlerimi işaret etti.

Annemin söyledikleri üzerine, evimizde bizleri sıcak tutacak şekilde yanan sobamızı, annemin kendi elleriyle diktiği perdelerimizi, babamın sırf biz çok seviyoruz diye aldığı kurabiyeleri düşündüm. Annem çok haklıydı. Fakirlik ya da zenginlik sahip olduğumuz eşyalara, giydiğimiz kıyafetlere bağlı değildi… Buna bağlı olmamalıydı. O küçücük yaşımda bunları kendi başıma anlamam imkânsızdı ama annemin sözleriyle, onun anlatmak istediklerini kesinlikle özümseyebilmiştim.

"Belki bazı insanlar, çok fazla paramız olmadığı için bizi fakir sanabilirler ancak bizim o kadar çok şeyimiz var ki… Bunları fark etmek için güzel bir yürek gerekir öncelikle. Sen güzel yürekli bir çocuksun ve bunları eminim fark edeceksin.

Şimdilik kimsenin ne dediğini umursama ve elinde olan güzelliklerin tadını çıkar, olur mu benim güzel kızım?"

Annem bu sözlerinin ardından tezgâha geri döndü ve o akşam benim karnımı doyurmaktan çok daha fazlasını yaptı. Yüreğimi doyurup içimi ısıttı.

Düşüncelerimiz Yaşamımıza Yansır

İstediğiniz an baştan başlayabilirsiniz. Başarısızlık denen şey düşmek değil, yerde kalmaktır.

Mary Pickford

Ailemizde tartışmasız kabul gören tek şey hepimizin matematikle ilgili sıkıntılarının olduğuydu. İki kız kardeşim de ben de matematik derslerinde sıkıntı yaşar, ucundan kıyısından zorla geçer not alırdık. Seneler boyunca matematikteki başarısızlığım tekrarlanıp durunca ben de kendimi buna inandırmıştım artık. Bu durum herkesin kabullendiği bir gerçek hâlini almıştı ailemizde.

Üniversiteye kabulümü aldığımda, yıllardır büyük bir hevesle okumak istediğim bölümüm Psikoloji ile aramda tek bir engel kalmıştı: Temel Bilimler Sınavı'nı geçmek. Lisede iki kere kalıp zorla verdiğim matematik dersinin biraz daha üst hâli de bu sınavlara dâhildi. Ve ben nasıl olup da geçebileceğimi bir türlü kestiremiyordum. İnsanlardan bu sınavı geçemeyip bölümüne başlayamayan kişilerin hikâyelerini dinleyip duruyor daha da ürküyordum.

Daha önce tanıştığım, güler yüzlü bir kadın olan bölüm profesörü bir gün beni odasına çağırdı. "Gel bakalım kızım,

TBS yaklaşıyor. Hazırsın değil mi? Seni bölümde görmek için sabırsızlanıyorum. Lisedeki notlarını inceledim biraz. Sende ikinci tip zekâ mevcut. Temel Bilimler Sınavı senin için oldukça rahat geçecek gibi görünüyor," dedi.

Elindeki notlara göz gezdirdiğimde fark ettim ki not dökümümü inceliyordu. "Lisedeyken matematikle başın dertteydi değil mi? Demek ki TBS'deki sorular sana çerez gibi gelecek. Hiç tereddüt etmeden sınavı vermiş olacaksın. İşte bu ikinci tür zekânın işidir. İnsan beyni yeterince zorlandığında artık bazı şeyler fazlasıyla kolay gelmeye başlar. Anladığım kadarıyla sen de bu evredesin," diyerek devam etti.

"Gerçekten mi?"diye sorarak heyecanlandım. Olduğu yerden hareketlenip yanıma geldi ve "Gerçekten tabii ki. Bunca zaman bu kadar uğraşmışsın. İşte şimdi ödülünü almanın zamanı gelmiş demek ki. Sınavlardan hemen sonra bölüm programına başlayacağına eminim," dedi.

O kadar sevinmiştim ki profesörün odasından neredeyse sekerek ayrılacaktım.

Sınav gününe kadar okulda geçirdiğim bütün günlerde profesörle karşılaşıyor ve bu konular etrafında sohbet ediyorduk. Beni gerçekten çözdüğünü ve bana güvendiğini hissedebiliyordum. Destekleri o kadar samimiydi ki, benim de kendime olan güvenim gün geçtikçe artıyordu. Güvenim arttıkça da başarıya daha çok yaklaştığımı hissediyordum. İkinci tür zekâ işime yaramak üzereydi!

Sınav sonuçları açıklandığında hatırı sayılır bir notla geçtiğimi öğrendim. Profesörün desteği olmasaydı bunu asla başaramayacağımı hissedebiliyordum. İkinci tür zekâ açıklamasını yapmasaydı belki de hâlâ umutsuz bir şekilde sınavlara çalışıyor olacaktım…

Bölüm derslerimi onaylatmaya gittiğimde profesörün yardımcılarından biriyle karşılaştım. Onunla okula kaydolmaya geldiğim gün tanışmış ve ona matematikle olan sıkıntılarım yüzünden TBS'de zorlanacağıma ve bölüme başlamayacağıma dair sıkıntılarımdan bahsetmiştim. Yüzündeki kocaman gülümsemeyle bana doğru yaklaştı, "Tebrik ederim. Başarmışsın! Hem de oldukça yüksek bir notla geçmişsin sınavı!" dedi ve ekledi: "Profesör bu sınava karşı ön yargısı olan öğrencilere 'ikinci tür zekâ' hikâyesini anlatır. Henüz şaştığını hiç görmedim…"

İşte onun bu sözlerinden sonra, düşüncelerimizde ne varsa onu yaşadığımızı fark ettim. Ailemin içinde matematikte başarısız bir öğrenci sıfatıyla var olurken, okulda profesörün desteğiyle 'ikinci tür zekâ' sahibi bir bireydim. Elbette ki başarılı olacaktım…

Küçük Notlar, Büyük Mesajlar

Yaşam bumerang gibidir. Düşüncelerimiz, kelimelerimiz ve yaptıklarımız er ya da geç, şaşırtıcı bir doğrulukla bize geri dönerler.

Florance Shinn

Bir çocukla konuşmak kolaydır ama sizi dinlemesini sağlama konusunda aynı şeyi söylemek zordur. Benim çocuklarımın da onlara bir şey söylerken beni dinliyormuş gibi gözüküp aslında dinlemediklerini fark ettim. Bunun aramızda büyük bir sorun olacağını bildiğimden, çocuklarımla iletişim kurmanın bir yolunu bulmam gerektiğinin de farkındaydım.

Çocuklarım okumayı öğrenmeye başladığında gördükleri her şeyi okumaya çalıştıklarını gördüm. Bu da aklıma harika bir fikir getirdi. Evin farklı yerlerine üzerlerine "Lütfen oyuncaklarını topla", "Yemekten önce tatlı yeme", "Ödevlerini bitir" gibi şeyler yazılı notlar bırakmaya başladım. Ya da posta kutusuna, çocuklarım adına yazılmış gibi mektuplar bırakıp söylemek istediklerimi onlara bu şekilde ilettim.

Bir süre sonra bu notlara alıştıkları için sıkılmaya da başladılar. Bunun üzerine yazdığım notlarda farklı kimlikler kullanmaya başladım. Temizlik Görevlisi, İmha Ekibi, Mutfak Şefi gibi kişiler yarattım. Odalardan biri çok dağınıksa odanın kapısına DİKKAT! ÇOK DAĞINIK. GİRİLMEZ yazıyordum. Eğer bir süre daha oda toplanmazsa İmha Ekibi, BU ODA 24 SAAT İÇİNDE TOPLANMAZSA İÇİNDEKİ HER ŞEY İMHA EDİLECEKTİR notu bırakıyordu kapıya. Bu notların etkilerini anında görüyordum ve çocuklarım kendilerine iletilen mesajı alıp uyguluyordu. Örneğin Mutfak Şefi, yemek bulaşıklarını makineye koymayanlara tatlı servisi yapılmayacağını söyleyebiliyordu. Eğer ortada dağınık bırakılmış bir şeyler varsa Çöpçü'den bir not bulabiliyorlardı.

Bazen yaptıkları iyi hareketleri, onlara eğlenceli yoldan söylüyordum. Mesela Temizlik Görevlisi bazen "Sanırım artık dişlerinizi fırçalamıyorsunuz çünkü eskiden banyo tezgâhı çok daha kirli olurdu," ya da "Yataklarınız birkaç gündür toplu olduğuna göre bir otelde kalıyor olmalısınız?" gibi notlar bırakıyordu.

Notların işe yaradığını gördükçe günden güne mutlu oluyordum. Çocukların kursları ya da babanın iş seyahati için olsun, fark etmez, evden bir yere giden herkesin çantasına ya da bavuluna mutlaka bir not bırakıyordu herkes. Bir keresinde eşim kaldığı otelde bavulunu boşaltırken çocuklarımızdan birinin yazı yazmayı öğrendiği bir dönemde yazdığı bir notla karşılaşmış ve yazarken yaptığı hatalara çok gülmüş. Ben de bazen, "Doktorlar, anne yapımı kekin çocuklara çok iyi geldiğini söylüyor," gibi eğlenceli notlar alıyordum.

Bir keresinde ufak oğlumla bir konuda ters düşüp kahvaltıda tartıştık ve okula kapıyı çarparak gitti. Ben de kendimi suçlayıp oldukça üzüldüm. Hem kafamı dağıtmak hem de akşam için güzel bir şeyler pişirmek için markete gitmeye karar verdim. Elimde listem, market reyonları arasında gezerken listenin sonunda, yazan bir şey dikkatimi çekti. "Özür dilerim annecim." Gözlerimden yaşlar süzülürken daha mutlu bir şekilde alışverişimi sürdürdüm. Bu notlar gerçekten çok iyi geliyordu insana.

Çocuklarımdan biri ya da eşim zor bir dönemden geçtiğinde kıyafetlerinin ceplerine ya da ayakkabılarının içine mutlaka bir not bırakmış oluyordum. Aynı şekilde onları bekleyen önemli ya da zorlu bir şey olduğunda da onları motive edecek notlar bırakmayı ihmal etmiyordum.

Şimdi geriye dönüp baktığımda iyi ki bu not yazma fikrini bulmuşum diyorum. Çünkü ailemiz arasında sevimli ve bize özel bir iletişim yöntemi olarak büyük bir yere sahipti notlar. Ayrıca bu notlar sayesinde çocuklarımın kendilerini ifade etme konusunda geliştiklerini de düşünüyorum. İlk başlarda çok düz notlar yazmışlar ama zamanla kendilerini geliştirmişlerdi. Özellikle şimdilerde aldığım notlar, o eski çocuksu notlardan çok daha farklı. Bir tanesini kızım, düğününde giydiğim elbisenin askısına bırakmıştı. Elbisemi asmak için askıya uzandığımda beni çok duygulandıran bir notla karşılaştım. "Anneciğim, babacığım, bu harika düğün için teşekkür ederim. Tüm hayallerimi gerçek kıldığınız için de."

Yıllar geçti ve tüm çocuklarım evlendi. Onlar evden gidince not bırakma ritüelimizin de sona ereceğini düşünüyordum ama öyle olmadı. Bizi ziyaret ettikten sonra evlerine döndüklerinde arkalarında bir sürü not bırakmış oluyorlardı. Biz de aynı şekilde ceplerine ya da çantalarına birkaç not bırakıyorduk. Sanırım bu geleneği ölene kadar sürdüreceğiz.

Mermerci ile Heykeltıraş

Düşündüklerimizin, bildiklerimizin ve inandıklarımızın nihai bir önemi yoktur. Önemli olan, yaptıklarımızdır.

John Ruskin

Heykeltıraşın biri, yapacağı yeni heykel için işlenecek bir mermer arıyordu. Geniş bahçeli bir mermercinin önünden geçerken bir köşeye atılmış, diğerlerinden ayrı duran bir mermer parçası gördü. Merakına yenilip mermercinin yanına gitti.

"Merhaba."

"Merhaba, hoş geldiniz."

"Şu köşedeki mermer parçasının fiyatını öğrenebilir miyim?"

Mermerci, "Bedava," dedi. "Eğer işinize yarayacağını düşünüyorsanız hemen alıp gidebilirsiniz."

Heykeltıraş, bu cevap üzerine şaşkın şaşkın önce mermer parçasına, sonra mermerciye baktı. Sonra, "İyi ama bunu neden bedavaya veriyorsunuz ki? Kocaman bir mermer bu, iyi para eder," dedi.

Mermerci bıkkın bir ses tonuyla, "Şekli bozuk olduğu için kimse bu parçayı almak istemiyor. Uzun zamandır bahçemde yer kaplamaktan başka işe yaradığı yok. Biri alsa da kurtulsam diye bekliyorum," dedi.

Bunun üzerine heykeltıraş, bu mermer parçasını almak istediğini söyleyince mermerci pek bir mutlu oldu.

Aradan birkaç ay geçtikten sonra, heykeltıraş aynı mermercinin yolunu tuttu. Ancak bu sefer elinde bir kutu vardı.

Mermerci, yeni bir müşteri geldiği için sevinerek adamın yanına geldi. Heykeltıraş, "Size bir şey getirdim," diyerek kutuyu mermerciye uzattı.

Mermerci kutuyu açar açmaz içindeki inanılmaz güzellikteki heykeli gördü. "Bu ne kadar güzel bir şey böyle!" dedi. "Bu sanat eseri için çok büyük paralar istersiniz, değil mi?"

"Evet ama ben istemeyeceğim."

"Peki bunu bana neden getirdiniz öyleyse? Hem ben sadece mermer satıyorum."

"Bu sizin için bir hediye, beyefendi."

"Hediye mi? Bana mı? İyi de neden?"

"Çünkü bu heykelin taşı size ait de ondan."

"Öyle mi?"

"Belki hatırlarsınız, bundan aylar önce gelip köşede tek başına duran bir mermer parçasının fiyatını sormuştum. Siz de şekli bozuk diye kimse ilgilenmediği için bedavaya vereceğinizi söylemiştiniz."

"Aa, evet. Hatırladım. Siz o heykeltıraşsınız. Taşı size vermiştim."

"İşte bu heykeli, o kimsenin beğenmediği ve değer vermediği taştan yaptım."

Mermerci, aylar önce söylediklerini hatırlayıp karşısında duran sanat eserini görünce utancından kıpkırmızı oldu.

"Ben... Ben gerçekten o çirkin taştan böylesine güzel bir heykelin çıkmış olmasına inanamıyorum."

Michelangelo da diğer heykeltıraşların beğenmediği büyük bir mermer parçasını alıp dünyanın en iyi heykellerinden biri olan Hz. Davud heykelini yapmıştı. Kendisine, bu muhteşem heykelleri nasıl yaptığını soranlara verdiği cevap ise şuydu:

"Ben her bir mermer parçasının içinde bir melek, bir ışık olduğuna inanırım. Ve onu ortaya çıkarıp özgür bırakana kadar mermeri oyup kesmeye devam ederim."

Sizce de kimi zaman beğenmediğimiz, şikâyet ettiğimiz hayatlarımız da mermercinin bir kenara attığı mermer parçasına benzemiyor mu? Bizim de yapmamız gereken, hayatlarımızdaki fazlalıkları ve kötü yanları kesip atmak, içimizdeki meleği ve ışığı ortaya çıkarmak değil mi?

En Değerli Gül

Annelik çocuğunuzun size ihtiyacı olduğu anda yanında olmaktır; kaç yaşında olduğunun ya da neye ihtiyacı olduğunun önemi yoktur.

Doris Pengilly

Çabalamanın sonunda alınabilecek en büyük ödül, ele geçen kazanç değil, kişinin kendine kattıklarıdır.

John Rushkin

Annelik, hiç ama hiç beklemediğim bir anda buluverdi beni. Kendi hâlinde yaşayan, hosteslik yapan bir kadınken kanatlarımı bırakıp evlenmeye karar vermem de bir anda oldu.

Büyükannem bir ameliyat geçirmişti ve onu ziyarete gittiğimde, ameliyatını yapan doktorla, yani şimdiki kocamla tanıştım. İlk görüşte aşk dedikleri şey gerçekten de vardı. Onunla tanışmadan bir sene önce, çocuk sahibi olmamın neredeyse imkânsız olduğunu öğrendiğimden, bir evliliğin eşiğinden dönmüştüm. O da bana, yıllar önce eşinden ayrıldığını ve iki oğlu olduğunu söylemişti.

Tanışmamızın üzerinden birkaç ay geçmişti ki bana evlenme teklifi etti. Her şey hızlı ama oldukça güzel gidiyordu. Beni bir anda bulan mutluluk, tüm hayatımı baştan aşağı değiştirmişti. Aradan beş ay geçtikten, mucizevî bir şekilde evlendikten kısa bir süre sonra hamile kaldığımı öğrendim.

Kendimi çocuğumun olmayacağı fikrine öyle alıştırmıştım ki bu bana büyük bir sürpriz oldu.

Ama asıl sürpriz de yoldaydı. Gerçekten yoldaydı. Hamileliğimin ve evliliğimizin sekizinci ayında, eşimin eski eşi, iki oğlunu uçağa bindirip babalarına gönderdi. Çocukların geldiğinin ertesi günü, bebeğim bir ay erken doğarak dünyaya geldi. Yani bir anda biri dokuz, diğeri on yaşında ve diğeri de bir günlük olmak üzere üç oğlum olmuştu. Bundan iki yıl sonra da bir kızımız doğdu.

Dört çocukla ilgilenmek, evin işlerini yapmak, yemek hazırlamak… Bunların hepsi çok fazlaydı. Bazı günler gerçekten çok bunalıyor ama yine de sabredip bir şey demiyordum. Günün birinde bana elbet teşekkür edeceklerine inanarak hayatıma devam ediyordum. Şimdi geçmişe bakınca pek çok zorluğu unuttuğumu fark ediyorum. Ancak çocukları maça götürmek için onlara şoförlük yaptığım, antrenmanlar için önceden kalkıp onları hazırladığım, veli toplantılarına yetişmek için koşturduğum, okuldaki bir etkinlik için yapılması gerekenleri son gün öğrendiğim günleri hatırlıyorum. Tüm bu süreçte eşim çalışıyordu. Üvey çocuklarımın annelerinden ise en ufak ses çıkmıyordu. Günün birinde geçmişe bakıp onları da kendi çocuklarım gibi sevdiğimi ve hiçbir şekilde ayrımcılık yapmadığımı anlayacaklarını umuyordum.

Büyük üvey oğlumun lise mezuniyetinde, annesi sonunda ortaya çıkmaya karar verdi. Mezuniyet töreni, kalabalık ama hoş bir ortamda, açık havada yapılıyordu. Kocam ve eski eşi, çocuklarının mezuniyet törenini büyük bir gururla izliyordu. Diğer oğulları da yanlarında oturuyordu. Bense bizim çocuklarımızla, hemen arkalarındaydım.

Mezuniyet töreni konsept olarak biraz farklıydı. Her öğrencinin elinde birer tane gül vardı. Müdür konuşmasını bitirene kadar kimse güllerin ne için olduğunu anlamamıştı. Müdür, konuşmasının ardından öğrencilere dönüp, diplomalarını aldıktan sonra kürsüden inerek ellerindeki gülleri hayatlarındaki en değerli ve onları en çok etkileyen kişiye vermelerini istedi. O an bu fikir bana tuhaf gelse de üvey oğlum elindeki gülü bana verdiği an hissettiklerimi hayatım boyunca unutamayacağım.

Yaşlı Bir Dost

Bir insanın bir başka insanı sevmesi;
bu belki de bizim işlerimizin arasında en güçlü olanı.
Son sınavımız ve cevabımız...
Öyle bir görev ki yaptığımız her şey onun ön hazırlığı.

-Rainer Maria Rilke

Mahallemize yaşlı bir çift taşındığında sekiz yaşlarındaydım. Sessiz, sakin, kendi hâllerinde insanlardı. Konuşmalarından anladığımız kadarıyla ikisi de İtalyandı. Ama kadında, herkesi ondan uzak tutan ve rahatsız eden bir şey vardı. Muhtemelen giyim tarzından kaynaklanıyordu bu. Bir de simsiyah, donuk gözlerinden. Her zaman beyaz dantel yakalı, siyah ve yere kadar uzun, elbiseler giyiyordu. Başının tepesinde minik bir topuz yaptığı saçları, bana bir kuş yuvasını hatırlatıyordu. Tuhaf görünümünden ve içe kapanıklığından dolayı yalnız bir kadındı.

Mahalleden kimse onunla arkadaş olmaya yanaşmadığından, yaşlı kadın da kendine kuşları arkadaş edinmişti. Sevgiye aç olduğu için nerede bir sevgi kırıntısı görse oraya yöneliyordu sanki. Kuşları sabah akşam besliyor, bahçesinde oturup saatlerce onları izliyordu. Ağır ağır yürürken kuşlara bir şeyler söylüyordu. Ancak ne zaman etrafına baksa ve ben o simsiyah gözlerle karşılaşsam dehşete düşüyordum. Kuşlar nasıl oluyordu da bu kadından korkmuyordu, bunu hiç anlayamıyordum.

Kadının aksine eşi çok samimi ve dışa dönük biriydi. Ne zaman karşılaşsak ya da beni uzaktan bile görse bana mutlaka el sallıyordu. Gülümsediğinde bembeyaz dişleri ortaya çıkıyordu. Göbeğiyle ve sevimli yüzüyle gerçekten hoş biriydi.

Ama Bay Alfredo'nun eski model, harika bir arabası olmasaydı onu fark eder miydim, bundan pek emin değilim. Onunla tanışmamız, Bay Alfredo'nun arabasını garajdan çıkardığını görüp, garaj kapısını kapatmak için istemsizce ona doğru koşmamla oldu. Nedense ona yardım etmek istemiştim. Garaj kapısının, aracından inmesine gerek kalmadan kapanmasından dolayı çok mutlu olduğu belliydi.

"Delikanlı, bak bakalım bir buraya. Bana yardım ettiğin için teşekkür ederim. Adın ne senin?"

"Benjamin."

"Peki, Benjie, tekrar teşekkür ederim. Al bakalım bu da ödülün," deyip bana, kırışık elleriyle bir kutu sakız uzattı. O dönemlerde bu çok değerli bir hediye olduğu için sevinçten havalara uçtuğumu hatırlıyorum.

O günden sonra Bay Alfredo'ya her gün yardım etmeye başladım. Hem onu mutlu ediyordum hem de sürekli sakız alıyordum. Bu sayede aylarca güzel bir dostluk geliştirdik.

Aradan çok bir zaman geçmemişti ki Bay Alfredo'nun eşi, Bayan Enrica hastalandı. Bay Alfredo'nun dediğine göre durumu çok ağırdı. Bayan Enrica, haftalarca evden dışarı adımını atamadı. Kuşlar da aç kaldıkları için bahçede ve cam kenarlarında ötüp durdular ama Bayan Enrica onlara yardım edemedi. Kuşlar onu bir daha asla göremeyeceklerdi.

Bir gün Bay Aflredo'nun evinin önünde büyük bir kalabalık ve birden çok araba görünce, Bayan Enrica'nın öldüğünü anladım. Bay Alfredo evine gelen insanlarla birlikte, büyük, siyah bir arabaya binerek gitti ve sonra tekrar geri geldi. Ben ise bu durumlarda ne yapılacağını ya da arkadaşıma nasıl yardım edeceğimi bilmediğim için sadece bekledim. Bay Alfredo o güzel arabasını günlerce garajdan çıkarmadı. Ben de beklemeye devam ettim.

Günler günleri kovaladı ve nihayet garajdan beklediğim motor sesi geldi. Sesi duyar duymaz kapıya koştum. Beni gören Bay Alfredo her zamanki gibi elini salladı. Sokaktan karşıya geçip, ne diyeceğimi bilemeden öylece durdum. Kolunu arabanın camından çıkartıp, "Selam Benjie, gel sana sakız vereyim," dedi. Ama henüz garajı kapatmamıştım. O yüzden koşup kapıyı kapattım ve sakızlarımı aldım. Arkadaşımın büyük bir üzüntü içinde olduğunu bildiğimden, sakızlara sevinememiştim bile.

"Benjie, ben Enrica'yı ziyarete gideceğim. Mezardaki çiçeklere bakmam gerekiyor. Sen de gelmek ister misin? Arabayla gezinmiş olursun."

Başımı evet anlamında salladım.

"Harika. O zaman annene bir sor bakalım. İzin verirse gidelim."

Annem başta biraz düşünse de sonrasında izin verdi.

Sonunda, uzun zamandır hayallerimi süsleyen arabanın içindeydim. Kadife kaplama koltukları yumuşacıktı. Ahşap direksiyonu öyle güzel parlıyordu ki dokunmamak için kendimi zor tuttum. Motordan hafif sesler çıkarken sokağı geçtik. Bay Alfredo çok üzgünken ben dünyanın en mutlu çocuğuydum. Hayallerimin arabasına binmiştim! Bundan daha güzel bir şey olamazdı.

Mezarlığın başındaki dar yola gelince arabayı durdurup indik. Sessizce Bayan Enrica'nın mezarına doğru yürüdük. Bay Alfredo, hiç hâli yokmuş gibi yavaşça yürüyordu. Bu hâli beni oldukça üzüyordu.

Mezarın başına geldiğimizde bir an için öylece durup dalgın dalgın Bayan Enrica'nın adının yazılı olduğu taşa baktı. Yüzünü göremiyordum ama eliyle gözlerini sildiğini anlamıştım. Ardından toparlanıp çiçeklerle ilgilenmeye koyuldu. Yabani otları temizlerken öyle sessiz ve yavaştı ki sanki karısını rahatsız etmekten korkuyordu. Bir şeyler söyledi ama arkası dönük bir şekilde eğildiği için ne dediğini anlamadığımdan tekrar etmesini rica ettim. "Arabada su koymak için büyük bir şişe var, oğlum. Ona çeşmeden su doldurup getirebilir misin? Çiçeklere su verelim ki yaşamaya devam etsinler." Bu sözü, onun ne kadar iyimser biri olduğunun canlı kanıtıydı. Çiçekler ölmesin demek yerine yaşamaya devam etsin demişti. Bay Alfredo'nun bana öğrettiği en değerli şey, hayata olumlu tarafından bakmak oldu.

Şişeyi doldurup getirdim ve birlikte çiçekleri, yaşamaya devam etsinler diye suladık. Ardından eşine bir şeyler söyleyip veda ettikten sonra elini omzuma koyarak gidebileceğimizi söyledi. Arabaya kadar hiç konuşmadan yürüdük.

Arabaya bindiğimizde, kontağı çevirmeden önce bana dönüp, "Bence ikimizin de biraz eğlenmeye ihtiyacı var," dedi ve göz kırptı. "Hadi seninle bir golf sahasına gidip biraz toplara vuralım, ne dersin?"

"Gerçekten mi?" derken, sevinçten ve şaşkınlıktan gözlerimi kocaman açmıştım. Evet anlamında başını sallayınca, "Evet, gidelim o zaman!" diye bağırdım.

Golf sahasına giden yol çakıllı olduğundan, tekerleklerden gelen tuhaf sesleri dinleyip durdum. İnsana değişik bir huzur veriyordu bu ses.

Golf alanına geldiğimizde arabayı park yerine park ettik. Bay Alfredo, elini yine omzuma atarak beni golf sopalarını ve toplarını alacağımız yere doğru yönlendirdi. Kocaman bir kova dolusu top ve iki sopa aldıktan sonra çimlerin üzerindeki yerini aldı. Elindeki sopasını havaya kaldırıp vuruş pozisyonuna geçerken âdeta bir dev gibi gözüküyordu. Birdenbire, bu adama karşı içimde büyük bir sevgi olduğunu fark ettim. Aramızdaki yaş farkına rağmen, benim en iyi arkadaşım gibiydi. Topa hızla vurdu ve oldukça ileri bir noktaya giden topun arkasından uzun uzun baktı. Top yere düştükten sonra bana dönüp, "Hadi bakalım, evlat. Sıra sende," dedi.

Daha önce hiç golf oynamadığım için çekinerek yanına gittim. Topu bir metre bile ileri fırlatmam büyük başarı sayılabilirdi. Çekingenliğimi fark eden Bay Alfredo, bana sopayı nasıl tutacağımı, vuruş pozisyonunu nasıl alacağımı ve sopayla nasıl vuruş yapacağımı büyük bir sabırla öğretti. O gün, hayatımın en güzel günüydü.

O günün ardından her pazar günü önce mezarlığa, ardından golf sahasına gidip atış yaptık. Bu, ikimiz arasında bir ritüeldi artık. Pazar günlerini dört gözle bekler ve ödevlerimi cumartesiden bitirip pazar gününe yapılmadık hiçbir işimin kalmamasına özen gösterir olmuştum. Annem de bendeki bu değişimden ve Bay Alfredo ile kurduğum arkadaşlıktan memnundu. Bay Alfredo, bana her gün yeni şeyler katıyor, yapamadığım pek çok işi öğretiyordu. Kendime güvenen, kendimle gurur duyan biri olmamda en büyük paya o sahipti.

Onu bu kadar çok seven sadece ben değildim. Büyük bir fabrikası vardı ve boş günlerimde beni de yanında götürür, yeni ortamlar ve insanlar görmemi sağlardı. Yanında çalışan insanlarla da arası çok iyiydi. Onu bir keresinde, oğlunu bir kazada kaybeden bir adama sarılıp ağlarken görmüştüm. Yardıma muhtaç bir gencin ihtiyaçlarını giderdiğini görmüştüm. Çalışanlarının çocukları fabrikaya geldiğinde onlarla tıpkı bir dede gibi ilgilenir, hepsine bana verdiği sakızlardan verirdi. Kısacası, onu sevmeyen bir kişi bile yok gibiydi.

Bu kadar sevilen, bu kadar iyi bir insanı kaybetmenin acısının da ne denli büyük olduğunu küçük yaşta öğrendim.

Bay Alfredo, benim biricik arkadaşım, geçirdiği kalp krizi sonucu hayatını kaybetti.

Cenazesine gidip onunla son kez vedalaşırken içimde kocaman bir boşluk açıldı sanki.

Cenaze dönüşü doğruca eve gitmek yerine Bay Alfredo'nun bahçesine gittim. Kuşlar gideli zaten çok olmuştu ama dostumun gidişiyle çok daha ıssızlaşmıştı her yer. Hayat öğretmenime ve ondan kalan son parçaya en büyük vedam, bir adamın gelip garajdan o güzel arabayı alıp götürmesiyle oldu. Arabanın gidişini izlerken gözyaşlarımı tutamadım.

Bay Alfredo ve arabası gideli çok oldu ama hayatıma dokunup beni çok daha iyi biri hâline getiren mükemmel dostumun hatırası ve hayali benden asla gitmedi.

Karar Verme Hastalığı

Nasıl ve ne zaman öleceğinizi seçemezsiniz. Sadece nasıl yaşayacağınıza karar verebilirsiniz. Şimdi!

Joan Chandos Baez

Köyün birinde ihtiyar mı ihtiyar, fakir mi fakir bir adam varmış. Fakir olmasına fakirmiş ama tüm köyün konuştuğu, kralın bile kıskandığı, beyaz bir atı varmış. Kral, atı satın almak için neredeyse tüm hazinesini teklif etmiş yaşlı adama ama adam bir türlü atını satmayı kabul etmiyormuş. Kral olduğu ve itibarını zedelemekten korktuğu için de atı çalamıyormuş tabii.

Köy halkı yaşlı adam ile dalga geçip duruyor, "Altı üstü bir at, sat gitsin," diyormuş.

Yaşlı adam ise, "Sizin altı üstü bir at dediğiniz, benim en sadık dostumdur. İnsan hiç dostunu satar mı? Ona dünyaları değişmem," diyormuş.

Bir sabah kalktıklarında atın ortadan kaybolduğunu görmüşler. Bunun üzerine köy halkı yaşlı adamın evine gidip, "Gördün mü? Atını satmadın ama o seni bırakıp gitti ya da biri aldı götürdü. Sonuç olarak hem atsız hem parasız kaldın.

Atı satsaydın ömrünün kalanını sıkıntı nedir bilmeden yaşayacaktın," demiş.

İhtiyar, insanların sözlerine karşı sakinliğini hiç bozmadan, "Karar vermek için acele etmeyin, gün doğmadan neler doğar," demiş. "Siz soranlara at kayıp deyin yeter. Çünkü gerçek bu. Gerisini bilemeyiz. Atın ortadan kaybolması şanssızlık mı yoksa şans mı göreceğiz."

Köylüler yaşlı adamın bunadığını düşünüp ona kahkahalarla gülüp yanından ayrılmışlar.

Ancak aradan 10 gün geçmeden, beyaz at gecenin bir yarısı dönmüş. Başını alıp dağlara gitmiş, dönerken de gördüğü 8 atı peşine takıp da gelmiş. Bunun üzerine köylüler yine yaşlı adamın yanına gidip ondan özür dilemişler.

"Sen haklıydın," demiş aralarından biri.

Bir diğeri devam etmiş. "Evet, atının ortadan kaybolması şanssızlık değil, aksine daha büyük bir şansın habercisiymiş."

Başka biri de, "Bir at kaybettin sanırken şimdi 9 atın birden oldu," demiş.

İhtiyar yine aynı sakinlikle, "Karar vermek için yine acele ediyorsunuz, etmeyin," demiş. "Siz soranlara atın döndüğünü söyleyin yeter. Çünkü gerçek bu. İleride neler olacağını bilemeyiz. Bir kitabın ikinci sayfasına bakarak sonunu nasıl tahmin edebilirsiniz ki?"

Köylüler bu sefer, bir önceki gibi kahkahalarla gülmeseler de dönüş yolundayken kendi aralarında, yaşlı adamın kesinlikle bunadığına karar vermişler.

Atın dönüşünden bir hafta sonra köyde, ihtiyarın evi geçindiren tek oğlunun vahşi atları terbiye etmeye çalışırken düşüp kolunu kırdığı haberi duyulmuş. Köylüler yine ihtiyarın evine gelmişler.

"Nasıl oluyor da her seferinde haklı çıkıyorsun bilmiyoruz ama yine haklıydın. Bu atlar yüzünden evini geçindiren tek oğlun sakatlandı. İyice parasız pulsuz kalacaksın," demişler.

İhtiyar bu sefer bıkkın bir ses tonuyla, "Hepiniz karar verme hastalığına yakalanmışsınız, durumunuz hiç iyi değil," demiş ve devam etmiş. "Soran olursa oğlumun kolunu kırdığını söyleyin. Çünkü gerçek bu. Bunun da hayır mı şer mi olduğunu zamanla göreceğiz. Hayat böyledir işte. Ufak parçalar hâlinde önünüze çıkar ve gerisi size hemen gösterilmez."

Bu son olayın üzerinden birkaç hafta geçmiş ve ülkeye büyük bir ordu saldırmış. Kral da ülkesini kurtarmak için eli silah tutan herkesi savaşa çağırmış. Bunu duyan köylüler, soluğu ihtiyarın evinde almış. Çünkü ihtiyarın oğlu hariç tüm gençler teker teker savaşa alınmış.

"Yine haklı çıktın ihtiyar," demiş aralarından biri.

Bir diğeri söz alacakken ihtiyar daha fazla dayanamayıp araya girmiş. "Siz gerçekten iyileşemiyorsunuz. Yine erkenden karar vermeye devam ediyorsunuz. Oğlumun savaşa gidemeyişinin de iyi olup olmadığını bilemeyiz. Acele karar vermeyi bırakın. Hayatın, önünüze sunulan ufak kısımlarına takılıp tümü hakkında yargılara varmayın. Unutmayın ki hayat, bitmeyen bir yolculuktur. Bir yol biter, öbürü başlar; bir hedefe varılır, karşınıza yenisi çıkar."

Tutunacak Bir Dal

Çocukluk çağında baba korumasından daha güçlü bir ihtiyaç düşünemiyorum.

Sigmund Freud

Babamla geçirdiğim onca zamanı düşününce, hatırlayabildiğim en eski ayrıntı, ben daha ufak bir çocukken onun elini sıkıca tutup yürüyüş yaptığımız günlerdi. Nereye gideceğimizi o belirlerdi, bense minik ellerimle, elinin son iki parmağını tutarak beni nereye götürürse takip ederdim. Bunu hep hatırlarım.

İlerleyen yıllarda, birlikte radyodan basket maçlarını dinlerdik. Maç dinleme sırasında en büyük eğlencem, bir kâğıda desteklediğim takımın oyuncularının adlarını yazıp, yaptıkları sayıları not almaktı. Basketbola ilgim daha o dönemlerde başlamıştı kısacası. Ancak yine de ufak olduğum için genellikle maçların sonuna gelemeden uyuyakalıyordum. Sabah uyandığımdaysa babam beni çoktan yatağıma bırakmış oluyordu. Sayıları yazdığım kâğıdı da daima yanı başımda buluyordum. Babam, benim tamamlayamadığım kısımları sabırla tamamlardı ben uyurken. Bunu muhtemelen her zaman hatırlayacağım.

Babam, ekmek dağıtarak evimizi geçindiriyordu. Okulun tatil olduğu günlerde babamın ekmek kamyonuyla ekmek dağıtmaya çıkışını hatırlıyorum. Babam ekmekleri marketlere ve bakkallara dağıtırken ben de arabada onu bekliyordum. O günleri ve taze ekmek kokusunu da her zaman hatırlayacağım.

Liseye gittiğim dönemde sporla ilgilenmeye başlamış ve okulun basketbol kulübüne kaydolmuştum. Son senemde okulum, bir şampiyonada oynamaya hak kazanmıştı. Hayatımın en büyük ve önemli anlarından biriydi. Okul için de öyleydi çünkü okul tarihinde bir ilkti. Şampiyona için duyduğum heyecanı ve babamın bir gece öncesinde yanıma gelip ertesi gün maçı izlemeye gelemeyeceğini söylediğinde yaşadığım hayal kırıklığını hatırlıyorum. Ekmekleri dağıtması gerekiyordu ve maçın yapılacağı yer, onun dağıtım yaptığı bölgeden 4 saat uzaklıktaydı. Ancak bana, maçı radyodan dinleyeceğine dair söz vermişti. Tıpkı eski günlerdeki gibi.

Ertesi gün maç saati gittikçe yaklaşırken aklımda sadece babam vardı. Sahaya indiğimizde seyircilere bir göz atmak istedim ve o an babamla göz göze geldiğim anki mutluluğumu hâlâ daha tarif edemem. Yetişmişti. En önemli günümde yanımda olmayı başarmıştı. Takımımızı şampiyon yapan son sayıyı ben atmıştım. O günü her zaman hatırlayacağım.

Üniversitede antrenörlük okuduktan sonra bir okulda koçluk yapmaya başladım. Radyo başında sayı tutarak başlayan yolculuğum, beni buraya getirmişti işte. Çok geçmeden hayatımın aşkıyla da tanışıp mutlu bir yuva kurdum. Belki de bir gün ben de oğlumla birlikte basketbol maçları izleyecek, onunla birlikte sayı tutacaktım, kim bilir.

Bir gece, sabaha karşı ev telefonu çaldı. Eşim ve ben korku içinde uyandık. Hemen telefona koştum. O saatlerde çalan telefondan iyi bir haber gelmeyeceği kesindi. Telefonun ucunda kasabanın komiseri vardı ve babamın, karşı şeritten gelirken uyuyakalıp yoldan çıkan bir tır ile çarpışarak hayatını kaybettiğini söylüyordu. Omuzlarım düştü. Haber verdiği için komisere teşekkür edip telefonu kapattım ve yatak odasına döndüm. Eşim endişeli gözüküyordu. Bana ne olduğunu sorduğunda bir süre konuşamadım. Boğazımdaki yumru, konuşmamı engelliyordu. Ne diyeceğimi de bilmiyordum zaten. Sonra derin bir nefes alıp, "Babam... Babam ölmüş," diyebildim ve birbirimize sarılıp ağladık. Bunu da asla unutmayacağım.

Her şey bir anda mahvolmuştu. Her şey bitmiş gibiydi. Beni ben yapan, beni olduğum yere getiren büyük kahramanım gitmişti. O günden sonra âdeta bir ruh gibi yaşamaya başlamıştım. Artık hiçbir şey ilgimi çekmiyor, beni mutlu etmiyordu. Okula gidip öğrencilerle ilgileniyor, ardından eve dönüyordum. Biri ruhumu almış, içimi boşaltmış gibiydi.

Günler aynı sıkıcılıkta geçerken bir gün okulun bahçesinde, ufaklıkların arasında gezerek nöbetimi tutuyordum. Etrafımdaki çocukların çoğu birinci sınıf olmalıydı çünkü çok ufaklardı. Onlara bakarken kendi çocukluğumu ve babamı düşünmeden edemedim. Onunlayken hayat ne kadar da güzeldi.

Birden hiç tahmin edemeyeceğim bir şey oldu. Ben düşüncelere dalmış yürürken ufacık bir el, tıpkı benim küçükken babamın elini tuttuğum gibi, elimin son iki parmağını tuttu.

O anda ruhum geri geldi. Babam geri geldi. Boştaki elimle gözlerimden akan yaşları sildikten sonra çocuğa doğru eğilip ona sarıldım. Ona neden sarıldığımı anlamadığı gibi, bana farkında olmadan ne kadar büyük bir iyilik yaptığını da bilmiyordu. O çocuğu asla unutmayacağım. O günü de asla unutmayacağım, çünkü o gün, benim tekrar yaşamaya başladığım gündü.

Hayata El Salla

Neler daha ağırdır sırtımızda,
acılarımız mı yoksa anılarımız mı?

Pablo Neruda

Annemi iki yıl önce, düğünüme sadece birkaç hafta kala kaybettim. Hayatımın en özel gününde, hayatımdaki en özel insanın yanımda olamayışı beni mahvetmişti. Gün boyunca onun yokluğunu tüm ruhumda hissetmiştim.

İki yıldır onu düşünmediğim tek bir gün bile yok diyebilirim. Yaptığım ya da gördüğüm her şeyde, annemden bir parça görüyorum. Onu ve anısını unutmam mümkün değil.

Geçen hafta sonu bazı işlerimi halletmek için arabayı alıp dışarı çıktım. Eve dönerken önümdeki kamyonetin arka koltuğunda üç tane ufak çocuk gördüm. Önde de anne babası olduğunu düşündüğüm bir adamla kadın oturuyordu.

Bu arabayı görünce çocukluğuma gidiverdim. Ben küçükken biz de arabamızla gezilere çıkardık. Arabayı annemle babam dönüşümlü olarak kullanırdı. Radyodan şarkılar açar hep birlikte bağıra bağıra şarkı söylerdik. Tüm yol boyunca yetecek kadar atıştırmalık da olurdu yanımızda. Kardeşim ve ben, sıkıldığımız zamanlarda, her çocuk gibi, sürekli, "Geldik mi?", "Daha çok var mı?", "Ne zaman gideceğiz?" gibi sorular sorardık. Çocukluğumun en güzel anılarındandı bu yolculuklar. Camdan bakıp yeni yerler görmek, etrafımızdaki arabalara bakmak en büyük eğlencemizdi.

Öndeki arabanın arkasında oturan çocukların yüzü bana dönüktü. Onları böyle görünce aklıma, kardeşimle arkamızı dönüp arkadaki arabanın içindeki insanlara el sallayışımız geldi. İnsanlar da bize el sallayana kadar ısrarla el sallamaya devam ederdik. Sanırım bunu pek çok çocuk yapmıştır. Genelde insanlar yola odaklanmış olduğu için bizi fark etmezdi ama fark edip el sallayanlar da oluyordu. Bazıları fark edip kaş çatarak, yaptığımızdan hoşlanmadığını belli ederdi ama onları sevmezdim. Bize geri el sallayan insanları görünce utanır ama sevinç çığlıkları atarak gülmeye başlardık.

Bunları düşünürken, önümdeki çocuklara el sallamayı çok istediğimi fark ettim. Ne olabilir ki, diye düşünüp ufaklıklara el salladım. Beni görünce hemen gülümseyip onlar da bana el sallayarak karşılık verdi. Bunun üzerine ben de onlara gülümsedim. Bazı şeyler ne kadar zaman geçse de değişmiyormuş demek ki. Çok geçmeden önlerine dönüp anne babalarına bir şeyler anlattıklarını, parmaklarıyla arabamı işaret ettiklerini gördüm. Ardından tekrar arkalarını dönüp bana el salladılar. Bir süre boyunca karşılıklı el sallamaya devam ettik. Gerçekten unutulmaz ve harika bir an yaşıyordum.

Bir müddet daha el salladıktan sonra bunun yeterli olduğunu düşünüp onları sollayarak yoluma devam etmeye karar verdim. Yanlarından geçerken bu güzel ana son verdiğim için üzüldüğümü söylemeliyim. Bu yüzden son bir kez daha el sallayıp gülümsedim çocuklara.

Ancak yollarımız ayrılmadı. Nasıl olduysa iki araç da otoyoldan ayrıldı. Onlar da benim kullandığım sapağı kullanmıştı. Dikiz aynasından arkamdaki araca bakarken, babanın el işareti yaparak durmamı istediğini gördüm. Bu beni biraz tedirgin etti doğrusu. Annemin, yabancılara karşı dikkatli olmamı ve herkese güvenmememi söylemesi geldi aklıma. Ama gişelere çok yakındık ve az ileride polis memurları olduğu için durmakta bir sakınca görmedim.

Arabayı durdurunca baba inip benim arabama doğru yürümeye başladı. Camı açıp kafamı uzatınca kötü niyetli bir yüz yerine, bana kocaman gülümseyen bir ağız ve parlayan bir çift gözle karşılaştım. "Merhaba," dedi adam. "Benim adım Bill." Uzattığı elini sıkıp, "Merhaba," dedikten sonra ben de kendimi tanıttım. "Kız kardeşim ve oğullarımla birlikte tüm ülkeyi gezmeye karar verdik. Eşimi yakın zamanda kaybettim. Çocuklar da anneleri olmadığı için bu yolculuğa çıkmaktan çok mutlu değillerdi. O yüzden size çok teşekkür ederim."

"Çok üzüldüm. Ama bana neden teşekkür ettiğinizi anlayamadım."

"Çocuklar yola çıktığımız andan beri sürekli huysuzlanıyor ve bir şeylerden şikâyet edip duruyorlardı. Onlara el sallamanız, bir süreliğine de olsa neşelenip mutlu olmalarını sağladı. Size gerçekten minnettarım."

Duyduklarım karşısında gözlerim dolu dolu gülümseyerek, "Ben de teşekkür ederim," dedim. Bu kez teşekkürün sebebini anlamama sırası adamdaydı. "Annemi iki sene önce kaybettim ve o zamandan beri zor zamanlar geçiriyorum. Çocuklarınızı görünce, küçükken diğer arabalardaki insanlara el sallayışımı hatırladım. Ailecek bir geziye çıkmış oluşunuz da bana kendi anılarımı hatırlattı. Bunun için ben de size teşekkür ederim. Sayenizde bugünüm çok güzel geçecek. Lütfen çocuklarınıza da benim adıma teşekkür edin ve onları öpün."

Bunun üzerine adam iyi günler dileyip arabasına döndü. Onlar yanımdan geçerken çocuklara son bir kez daha el sallayıp gülümsedim ve onlar da hemen karşılık verdi.

Bu güzel çocuklar muhtemelen bir süre sonra o günü unutmuştu ama ben o gün yaşananları hayatım boyunca hatırlayacağım. Çünkü o gün yaşananlar bana, günlük hayatın koşturmacasında ufak detayları nasıl da atladığımızı göstermiş oldu. Tek yaptığım o ufaklıklara el sallayıp gülümsemekti ama sonrasında o ufacık hareket büyüyüp, pek çok insanın mutlu olmasına neden olmuştu. Babalarının yanıma gelip bana teşekkür etmesi, oğlanların gülümsemesi ve o an hissettiklerimin benim için ne kadar değerli olduğunu anlatmam imkânsız.

Annemi kaybettikten sonra artık hiçbir zaman mutlu olamayacağımı düşünürdüm. Çünkü her şeyde aklıma annem geliyordu ve sonra artık hayatta olmadığını hatırlayıp mutsuz oluyordum. Ama o gün, annem sayesinde yeniden gülümseyebileceğimi görmüş oldum. Umarım o adam, oğullarının beni gülümseterek yeniden hayata döndürmüş olduğunun farkındadır. Umarım onlar da artık hep gülümsüyorlardır.

Aramızdaki Kahramanlar

Duyumsayabildiğim, hayatta kalabildiğim, sevdiklerim ve inandıklarım uğruna çaba harcayabildiğim için kendimle gurur duyuyorum.

Jodie Foster

Ufak bir çocukken hayranlık duyduğum pek çok insan olmasına rağmen herhangi birini kendime kahraman olarak seçtiğimi hatırlamıyorum. Ben kahramanımı çocukluk dönemimden çok sonra buldum. Ve bu kişi, herkesin kahraman olarak gördüğü özelliklere sahip biri de değildi. Ne ünlüydü ne de çok zengindi. Sıradan, her zaman olduğu gibi kabul ettiğim, normal bir insandı. Hem kahramanım hem abimden bahsederken her zaman tarifi imkânsız bir gurur duyarım.

Abim Josh, eşi Tracy ile tıp fakültesindeyken tanışmıştı. Abimin mezuniyet törenine büyük bir heyecanla gittiğimizi ve Tracy'yi ilk kez orada gördüğümü hatırlıyorum. Onu, daha ilk görüşte sevmiştim. Güzel bir kızdı. Mezuniyet töreninde onları el ele görünce aralarındakinin ciddi bir ilişki olup olmadığını anlayamamıştım.

Ancak mezuniyetten sonra da Tracy ile sık sık bir araya gelmeye başlayınca, ciddi olduklarını anladım. Tracy, gülmeyi çok seven, enerjisiyle herkese iyi gelen biriydi. Kendisi hemşireydi ve o dönemlerde her yerde hemşire aranıyordu. Oturma izni alıp Amerika'daki bir tıp fakültesine staj için gelen Tracy, aynı fakültede okuyan abimle bu şekilde tanışmıştı. Bunu da Tracy'nin bize geldiği bir akşam, birlikte anlatmışlardı. Abimin ciddi bir ilişki için pek vakti olmadığını bilsem de Tracy'nin onun için farklı olduğunun farkındaydım.

Abim, mezuniyetten kısa bir süre sonra başka bir eyaletteki bir hastaneden iyi bir iş teklifi alınca gitmek zorunda kaldı. Tracy de abimle birlikte giderek sevgilerinin gücünü kanıtlamış oldu. Kısa bir süre sonra tatil için başka bir ülkeye giden Tracy, geri dönmek istediğinde, oturma izninin süresi bittiği için Amerika'ya alınmadı ve kendi ülkesine dönmek zorunda kaldı. Tracy gittikten sonra Josh, onsuz delirecek gibi oldu. Günlerin geçmediğinden, artık hayattan hiç zevk almadığından bahsedip duruyordu. O sırada Tracy de bu kargaşaya bir son vermek için uğraşıyordu.

Çözüm, Josh'tan geldi. Tracy'ye evlenme teklifi etti ve evlenmeleriyle birlikte tekrar Amerika'da yaşamaya başladılar. Tracy'nin buna değer vereceğini düşünerek, onun ülkesinde, onun geleneklerine göre ikinci bir düğün daha yaptılar. Mutluluklarına diyecek yoktu. Birbirlerine bakarken gözlerinin içi gülen, harika bir çiftti onlar.

Evliliklerinin ilk yılları oldukça sakin ve huzurluydu. Birkaç kez şehir değiştirmeleri dışında hayatlarında çok büyük değişiklikler olmamıştı. Ardından Penny ve Luke adında biri kız biri erkek, iki çocukları oldu. İşte bu büyük bir değişiklikti ve bunun üzerine abim, artık şehir değiştirmemesi ve sabit bir hayatı olması gerektiğine karar verip Harvard Tıp Fakültesi'nden gelen teklifi kabul ettikten sonra Boston'a yerleşti. Tracy de aynı hastanenin yoğun bakım bölümünde çalışmaya başladı. Çok geçmeden güzel bir birikim yapıp, büyük bir kırın ortasında, sevimli bir ev aldılar. Tracy hayvanları, özellikle de atları çok seviyordu. Josh da karısı için atların kalabileceği bir yer inşa ettirip ona bir at hediye etti. Daha sonra bir iki at daha alabileceklerini bile söylemişlerdi.

Bir bahar günü abim, yeğenlerimi balık avlamaya götürmeye karar verdi. Tracy, eğitmesi gereken yeni bir atı olduğu için evde kalacağını söyledi. Abim ve yeğenlerim evden ayrıldıktan sonra olanlar olmuş.

Her ne kadar o gün tam olarak ne olduğunu kimse bilmese de elimizdeki bilgileri bir araya getirdiğimizde olayın şu şekilde gelişmiş olabileceği kanısına vardık: Tracy, yeni atıyla kırda koşarken at bir şekilde yere düşünce Tracy de yüzüstü düşmüş. Ardından at, Tracy'nin nefes almasını engelleyecek şekilde Tracy'nin üzerine devrilince, Tracy bir süre havasız kalmış. Komşuları Tracy'yi yerde hareketsiz yatarken bulduklarında Tracy nefes almıyormuş. İlkyardım konusunda bilgili olan komşusu Tracy ile ilgilenirken bir yandan da hastanenin acil helikopterini aramış.

Tracy'yi hemen, çalıştığı hastaneye kaldırmışlar. Josh, çocuklarla balık tutarken helikopteri görmüş olsa da içinde Tracy'nin olduğunu düşünmemiş bile. Josh, eve gelip de evde kimseyi bulamayınca komşulardan kaza haberini alır almaz soluğu hastanede almış.

Annem aradığında sinemaya gitmek için arkadaşlarımla buluşmuştum. Kötü haberi aldıktan hemen sonra eve döndüm ve ailecek abimle Tracy'nin yanına gittik.

Abimi, Tracy'nin başında, karısının ellerini tutarken ve sessizce ağlarken gördüğümde ne diyeceğimi, ne yapacağımı bilemedim. Onu ilk kez bu kadar kötü bir hâlde görüyordum. Tracy'nin daha bir gün önce birlikte çalıştığı arkadaşlarının, şimdi Tracy için uğraştığını; hayatın tüm dengelerinin bir anda nasıl değişebileceğini görmek beni derinden etkilemişti. Tracy'ye bir şey olursa abimin hayatındaki dengelerin nasıl değişeceğini ise düşünmek bile istemiyordum.

Doktorların söylediğine göre Tracy kafasından büyük bir darbe almış, kafatasında ufak da olsa bir çatlak oluşmuştu. Komadaydı ve makineler sayesinde nefes alıp verebiliyordu. Komadan çıkıp çıkamayacağını kimse bilemiyordu. Komadan uyansa bile, aldığı darbenin onda ne gibi hasarlara yol açtığını bilemezdik. Her şey şansa bağlıydı.

Kazadan iki ay sonra, Josh bana bir şey itiraf etti. Tracy komadayken, eğer o iyileşmeyecekse acı çekmeden onu yanına alması için Tanrı'ya dua ettiğini söyledi. O duadan sonra tuhaf bir rahatlama ve kötü bir şey olmayacağını hissettiğini söyledi.

Ve öyle de olmuştu. Kazadan üç hafta sonra, Tracy komadan çıkmıştı. Josh ve Tracy, o iki büyük âşık, birbirine tekrar kavuşmuştu.

Ancak kazanın ve alınan darbenin etkileri beklenilenden çok daha büyüktü. Tracy, hafızasını kaybetmişti, yürüyemiyordu, konuşamıyordu, günlük ihtiyaçlarını tek başına gideremiyordu. En ufak şeyi bile yapmak için yardıma ihtiyaç duyuyordu. Doktorlar, Tracy'nin bir süre sonra belli başlı hareketleri yapabileceğine, hafızasının bir kısmını geri kazanabileceğine inansa da tüm bunlar için uzun süreli ve sıkı bir çalışma gerekiyordu. Bu durumda da iş abime düşüyordu.

Josh, doktorlarla da sürekli iletişim hâlinde olarak eski fotoğraflar ve isimlerle birlikte, hızla çalışmalara başladı. Yorulmadan, pes etmeden, eşine tüm aileyi tanıtıyor, fotoğrafları uzun uzun gösterip gördüğü kişilerin isimlerini söylüyordu. Ardından kendi işine gidiyor, hastanedeki işlerini toparlar toparlamaz eve, Tracy'nin yanına dönüyordu. Eve dönünce çocuklara yemek hazırlıyor, Tracy'yi yıkıyor, ardından tüm aileyi besliyordu. Mutfağı topladıktan sonra çocuklara masal okuyup onları uyutuyor, banyo akşamlarında onlara banyo yaptırıyordu. Tüm bu yoğunluğa ve bazen patlama noktasına gelmesine rağmen bir kez bile şikâyet ettiğini duymamıştık. Bu günlük rutin, Tracy'nin rehabilitasyon ve fizik tedavi süreci başladığında da hız kesmeden devam etti. Bazen yardıma giden annem bile, abimin sabrına, gücüne ve sevgisine inanamıyordu.

Tracy'nin konuşmasını anlayabilmek neredeyse imkânsızdı ve hâlâ hiçbir şeyi hatırlamıyordu. Ne Josh ile tanışmasını ne birlikteliklerini ne evlendiklerini ne de çocuk sahibi olduklarını... Uzun bir süre Josh'un hastaneden gelen bir doktor, bir bakıcı olduğunu sandı ama zamanla onun evdeki varlığını kabullendi.

Josh ise tüm bu olumsuzluklara rağmen asla yılmıyor, Tracy için elinden geleni yapmaya devam ediyordu. Onu yıkıyor, saçlarını tarayıp kurutuyor, giydiriyor, besliyor, ona hediyeler alıyordu. Ama yine de çok az bir gelişme kaydedebilmişlerdi. Bu yüzden de aileden birini bir an için bile olsa hatırlamasını, çatal kullanabilmesini, televizyonu açabilmesini ya da fizik tedavide bir adım atabilmesini, tüm ailecek büyük bir coşku ve umutla karşılar olmuştuk.

Hayatının tamamen birine bağlı olması ve bir başkasına muhtaç şekilde yaşaması, dile getiremese de Tracy'yi içten içe üzüyor olmalıydı. Eskiden kahkahaların eksik olmadığı eve artık büyük bir kasvet hâkimdi. Hâl böyle olunca ben de annemler de, evliliklerinin çok sürmeyeceğini düşünmeye başlamıştık. Bu mücadeleye daha ne kadar dayanabileceklerini kestiremiyorduk.

Günler birbirinin aynısı haberlerle devam ederken, bir gün abim birdenbire kahramanım oldu. Bir hafta sonu ailecek yanlarına gitmiştik. Tracy her zamanki gibi tekerlekli sandalyesinde oturuyor, Josh ise evin içinde bir oraya bir buraya koşturuyordu. Temizlik yapıyor, ortalığı topluyordu.

Annem de yardım etmek için yemek hazırlıyordu. Çocuklar televizyonun sesini açmış, izledikleri programa gülerken bir yandan da müzik setinden şarkılar duyuluyordu.

Birdenbire abim müzik setinin sesini sonuna kadar açıp diğer tüm sesleri bastırdı. Hiçbirimiz ne olduğunu anlayamadığımız için bir birbirimize bir abime bakıp duruyorduk. Derken abim dans etmeye başladı. Parmaklarını şaklatıyor, odanın içinde ileri geri hareket ediyordu. Babalarının bu hâline kahkahalarla gülen çocuklar da ayağa kalkıp dans etmeye başladı. Hepimiz, inanılmaz bir ana tanıklık ettiğimizi düşünürken daha da inanılmaz bir şey oldu. Josh birden durup Tracy'ye baktı ve gözlerinden akan yaşları fark etti. Tracy dans etmeyi çok severdi ve muhtemelen o an, bunu hatırlamıştı. Abim hiçbir şey söylemeden Tracy'nin yanına gitti, gözyaşlarını sildi ve onu tekerlekli sandalyesinden kaldırdı. Karısına sımsıkı sarılırken Tracy'nin ayaklarını kendi ayaklarının üzerine yerleştirip yavaşça dans etmeye başladı. O an zaman durmuş, her şey donup kalmış ve sadece Tracy ile Josh hareket ediyor gibiydi. Hepimiz gözlerimizden akan yaşlarla önümüzdeki tabloyu izliyorduk. Birden çocuklar gülümsemeye, ardından kıkırdamaya başlayınca biz de bir yandan ağlayıp bir yandan gülmeye başladık. Hepimiz onların dansına katıldığımızda Tracy de gülmeye başladı. Onun gülümsediğini o kadar uzun süredir görmüyorduk ki bu, mucizevî bir andı hepimiz için.

Abim, Tracy'ye bakarken ben de abime bakıyordum. Tracy için duyduğu sevgiyi ben bile hissedebiliyordum. Aralarındaki şey gerçekten çok farklıydı.

O kötü kaza gününün üzerinden yıllar geçti. Abim ve ailesi hâlâ aynı evde oturuyor, çocuklar okula gidiyor, abim de doktorluğa devam ediyor. Tracy de ilerleme kaydetmeye devam edip kendi işlerini yapabilmeye başladı. Ancak bir baston yardımıyla yürüyebilse de araba kullanabiliyor, ev işlerini yapabiliyor. Tekrardan hemşirelik sınavına girdi ve sınavı geçti. Geçmişini hâlâ tamamen hatırlamasa da eskisine göre çok daha fazla şeyi hatırlıyor artık.

Abim ve Tracy, çok büyük sorunlarla karşılaşıp büyük zorluklara göğüs germek zorunda kaldılar ama birbirlerine duydukları aşk ve sevgi, bir an olsun azalmamıştı. Üzerinden on yılı aşkın bir süre geçmiş olsa da ben, abimin evde dans ettiği o günü bir an olsun aklımdan çıkaramadım. Ufacık bir hareketin, çevremizdeki insanların hayatlarına nasıl büyük bir etki yaratabildiğini görmüş oldum. On küsur yıl önce hayatımda bir kahraman yoktu ama artık o kahramana abi demekten büyük bir gurur duyuyorum.

Acıları Paylaşmak

Bir insan acı duyabiliyorsa canlıdır. Bir insan başkasının acısını duyabiliyorsa insandır.

Tolstoy

Lisa'yı ilk kez gördüğümde toplantı odasında, masanın etrafında oturuyorduk. Biraz gecikmişti. Paytak paytak yürüyerek içeri girdi. Eşi Robert arkasından geliyordu. Paytak paytak yürüyordu Lisa, çünkü hamileliğinin yedinci ayına girmek üzereydi ve karnı iyice büyümüştü.

Lisa ve Robert boş sandalyelere oturdu. Lisa karnı yüzünden sandalyesini masaya yanaştıramıyor, ellerini karnında birleştiremiyordu.

Bir toplantı masasında ne yaptığımıza gelecek olursak... Burası bir rehabilitasyon merkezi ve yakınlarını kaybetmiş insanlar olarak belli aralıklarla bir araya geliyoruz. Bu grupta daha önce hiç hamile bir kadına denk gelmemiştik. Grubun büyük bir kısmı eşlerini kaybetmiş dul insanlardan oluşuyordu. Ben Lisa ve Robert'ın geleceğini biliyordum çünkü grubun yöneticisi olarak bana önceden kim olduklarına ve neden burada olduklarına dair bilgi verilmişti. İkisi de bir hayli çekingen gözüküyordu.

Lisa ve Robert kendilerini tanıttıktan sonra kimi kaybettiklerini sorduğumda Lisa anlatmaya başladı. Bundan kısa bir süre önce iki buçuk yaşındaki kızlarını kaybetmişlerdi. Lisa kaybını anlatırken odadaki herkes ağlıyordu. Lisa ve Robert da birbirlerinden güç almak istercesine el ele tutuşuyordu.

Lisa o günün, diğer günlerden hiçbir farkı olmadan başladığını, minik kızı Olivia ile markete gittiklerini söyledi. Her küçük çocuk gibi Olivia da canı sıkılınca huysuzlanmaya başladığı için alışverişi hızlıca bitirip geri dönmek için arabaya gitmişler. Olivia'yı çocuk koltuğuna oturtup poşetleri de bagaja koymuş. Eve geldiklerinde kızını arabadan indirmek için kucağına alınca, kızının ona sımsıkı sarıldığını hisseden Lisa da kızına hiç olmadığı kadar sıkıca sarılmış.

Eve girince kızını yatağına yatırmış, ardından aldıklarını dolaplara yerleştirmeye başlamış. Çok geçmeden Olivia'nın odasında bağırdığını duyan Lisa, hemen kızının yanına koşmuş. Yanına gittiğinde kızının yüzünün mosmor olduğunu gören ve deneyimli bir hemşire olan Lisa hemen kızının solunumunu geri getirmek için elinden geleni yapmış. Kızı düzelir düzelmez de çalıştığı hastanenin ambulansını çağırmış.

Raporlara göre, minik Oliva'nın nefesi o gün birkaç kez daha durmuş ama her seferinde yeniden nefes alması sağlanmış. Aradan biraz zaman geçince hayati tehlikeyi atlattığı düşünülerek özel bir odaya alınmış. Birkaç saat sonra minik kızın nefesi yeniden durmuş, ancak bu sefer kurtarılamamış. Tüm bu olanlar sadece beş saat içinde olmuş.

O sırada Robert ise iş için şehir dışındaymış. Lisa hastaneye gittiklerinde Robert uçakta olduğu için, onu aradığında telefonu kapalıymış. Lisa kocasını karşılamak için havalimanına gittiğinde kötü haberi de vermiş. O günden sonra Lisa o hastaneye adımını bile atamamış.

İkisi de yaşadıkları acıyı tarif etmenin bir yolunu bulamıyor gibiydi. Hele o gece eve tek başlarına döndüklerinde, kızlarının odasına girdiklerinde hissettiklerini anlatacak kelime olmadığını söylüyorlardı.

Lisa ve Robert sustuğunda, gruptaki herkes tıpkı onlar gibi el ele tutuşmuş ağlıyordu.

O günden sonra, grupta büyük değişiklikler yaşanmaya başladı. Eşlerini kaybetmiş, yaşlı dullar kendi kayıplarına üzülmekten vazgeçmiş gibi gözüküyorlardı. Onun yerine herkes Lisa ve Robert'a yardımcı olabilmek için seferber olmuştu. Kadınlar, yeni doğacak bebek için patikler ve yelekler örerken, adamlar da genel ihtiyaçları karşılamaya çalışıyordu. Önceden terapi esnasında abur cubur yerken, artık daha sağlıklı şeyler yiyorduk. Çünkü Lisa'ya yasaktı o yiyecekler.

Yine bir terapi günü Lisa, doğumun yaklaştığını hissettiğini söyledi. Herkes sevinirken o biraz endişeli gözüküyordu. Sebebini sorduğumuzda da küçük meleğinin öldüğü hastaneye geri dönme fikrinin onu çok üzdüğünü ve korkuttuğunu gözyaşları içinde itiraf etti. Bu fikir onu öyle etkilemişti ki bebeği evde doğurmayı bile düşündüğünü ama hiçbir doktorun buna yanaşmadığını söyleyince biz de durumun ciddiyetini iyice anladık. Robert ise karısını anlıyor, ona elinden geldiğince destek olmaya çalışıyordu.

Grubumuzun diğer üyeleri arasında tuhaf bir hareketlenme olmuştu. Herkes birbirine bir şey söylüyordu. Terapi sona erdiğinde Lisa ve Robert dışında kimse çıkmadı. Onlar gider gitmez herkes bir ağızdan konuşmaya başladı.

"Onlara nasıl yardımcı olabiliriz?"

"Lisa'yı bu durumdan kurtarmalıyız."

"Lisa'nın, yeni bebeğine güzelce merhaba diyebilmesi için bu korkusunu yenmesi gerek."

"Lisa ve Robert için dua edelim."

O an yapabileceğimiz tek şey dua etmek olduğu için hepimiz bu genç çift için dua etmeye başladık. Yaşlı kadınlardan birkaçı dua ederken sessizce ağlıyordu.

O hafta içinde pek çok psikolog ve doktorla görüşme ayarlayıp durumu onlarla konuştum. Hepsi olmasa da çoğu, Lisa'yı doğumdan önce hastaneye götürmenin ve ortama alışması için ona bir fırsat vermenin iyi bir fikir olduğunu söyleyince ben de gizli bir toplantı ayarlayıp bunu gruba açıkladım. Onlar da bu fikri sevince birlikte hastaneyi arayıp izin istedik. Onlar da Lisa'yı çok sevdikleri için bize hemen izin verip ellerinden geleni yapacaklarını söylediler. Gruptaki kadınlardan biri, eğer Lisa da isterse önce Olivia'nın hayata gözlerini yumduğu odayı gezip ardından yeni doğmuş bebekleri ziyaret etmenin iyi bir fikir olabileceğini söyledi.

Her şeyi ayarladıktan sonra Lisa'yı arayıp planımızdan ona da bahsettim. Bir süre hiçbir şey demedi ama ağladığını duyabiliyordum. Burnunu çekip derin bir nefes aldıktan sonra, "Bu teklif için daha iyi bir gün olamazdı. Eğer yaşasaydı minik Olivia'm bugün üç yaşına girecekti. Siz aradığınızda kızım ve yeni doğacak bebeğim için dua ediyordum," dedi.

Ertesi gün hastane girişinde buluştuğumuzda Lisa'nın heyecanı her hâlinden belliydi. İlk önce hastanenin koridorlarında amaçsızca gezindik. Sonra bir kat yukarı çıktığımızda, ki burası Olivia'nın odasının olduğu kattı, Lisa durdu. Kalbinin deli gibi attığını, duvarların üstüne geldiğini söyleyince biz de onu zorlamadık. Şimdi geri dönebileceğimizi ama eğer tekrar buraya gelmeyi kabul ederse ona tatlı bir şeyler alacağımızı söyledik. Hiçbir kadın, hele hamile bir kadın, tatlıya hayır diyemezdi ne de olsa. Dışarı çıkıp tatlı bir şeyler aldıktan sonra tekrar hastaneye döndük ama o odaya girmedik.

Bu şekilde her hafta hastaneyi ziyaret etmeye başladık. Artık hastaneden çıkmamıza gerek kalmıyordu çünkü Lisa ne kadar zorlansa da içeride kalmaya dayanabiliyordu. Elimi sıkıca tutarken alnının terden boncuk boncuk olduğunu görebiliyordum.

Haftalar geçtikçe Lisa elimi daha az sıkmaya başladı. Hatta artık gülümsüyordu da. Ve sonunda bir gün Olivia'nın odasına girdik. Başta ağlasa da çabuk toparladı kendini Lisa. Odada biraz zaman geçirdikten sonra yeni doğan bebeklerin bulunduğu bölümü gezdik. Bebeklere gözlerinin içi parlayarak bakıyordu. Artık bebeğini kucağına almaya hazırdı.

Ve bir hafta, Robert toplantıya tek başına geldi. Elinde pembe kurdele ile bağlanmış büyük bir papatya demeti taşıyordu. Bize kızlarının fotoğraflarını gösterdi. Lisa'nın doğuma giderken kendinden çok emin ve iyi olduğunu, doğumun çok rahat geçtiğini ve bebeğin adını, kaybettikleri kızlarının anısını yaşatmak için "Olivia" koyduklarını söylediğinde hepimiz ağlamaya başladık.

Robert bize, bir mucizeyi gerçekleştirdiğimiz için defalarca teşekkür etti. Bizler de aynı mucizeye inanıyorduk ama benim inandığım bir mucize daha vardı. Bu olaydan sonra birkaç kez daha buluştuk ama gruptaki herkes, terapilere ihtiyaçları kalmadığının farkındaydı artık. Lisa'nın acısını paylaşıp bu genç çiftin yaralarını sarmak için bir araya gelmek, sihirli bir değnek gibi dokunup herkesi iyileştirivermişti.

Anlamlı Ziyaret

Kendinizi sevmeye öncelik verin ki geri kalan her şey yoluna girsin. Bu dünyada bir şeyler yapmak için, gerçekten önce kendinizi sevmek zorundasınız.

Lucille Ball

Bran, yirmi dört yaşında, yakışıklı, arkadaşları tarafından sevilen, oldukça başarılı ve neşe dolu biriydi. Bir zamanlar okulun futbol takımında oynuyordu, o yüzden de atletik bir vücuda sahipti. Tüm kadınlar ona hayrandı. Bran'le tanışan her insan onu mutlaka çok severdi. Gülümsemesi bulaşıcıydı. Ne kadar büyük bir derdiniz olursa olsun, Bran mutlaka bir yolunu bulup iyi hissetmenizi sağlardı. Hayata karşı hep pozitif bakabilmesiyle de bilinirdi. Hepsinden de önemlisi, çok iyi kalpli biriydi. Zor durumda olan birini gördüğünde ne işi varsa bırakır, elinden ne gelirse yapardı.

Bran hem bir şirkette danışmanlık hem de yerel bir takımda futbol antrenörlüğü yapıyordu. İki işe birden yetişebilmek için kendisine bir motosiklet almıştı. İki işte birden çalışarak kendine günün birinde bir araba ve belki de bir ev alabilirdi.

Bir akşam sahaya giderken, sigortası olmayan ve alkollü araç kullanan bir sürücü, Bran'in motosikletine çarparak hem motosikletin paramparça olmasına hem de Bran'in sağ bacağının ciddi şekilde yaralanmasına sebep olmuştu.

Bran kendine gelip gözlerini bir hastane odasında açtığında tüm o pozitifliğini yitirmiş, sanki ruhunu kaybetmişti. Doktor, bacağı için bir şeyler yapılabileceğini ama çok umutlu olmadığını söylemişti çünkü. Hayatı erkenden sona ermiş gibi hissediyordu.

Bran, bacağını bir arada tutmaya çalışan çubuklarla ve bacağını kesilmekten kurtarmak için yapılan sayısız ameliyata girip çıktığı bir seneyi geride bırakmak üzereydi. Tüm arkadaşları ve futbol takımındaki oyuncular, Bran'in her ameliyatı öncesinde ona kan bulmak için seferber oluyorlardı. Çalıştığı şirket de Bran'i çok sevdiği için onun yerine geçici birini alsa da, dört gözle iyileşip işine dönmesini bekliyordu. Bran'in, zor günlerinde yanında olduğu herkes şimdi onun yanındaydı.

Ancak bir gün kötü haber geldi. Doktorlar Bran'e, bacağını kurtarmalarının mümkün olmadığını söylediğinde Bran'in dünyası âdeta başına yıkıldı. Tek bacakla hayatını nasıl sürdürecekti? Onu bu hâliyle seven birini bulup yuva kurabilecek miydi? Bacağı kesilince antrenörlük yapamayacağı için kazandığı para azalacaktı. Bir ev maliyeti kadar tutan hastane masraflarını nasıl ödeyecekti?

Bran, tüm bu düşünceler arasında, bacağının kesilmesi için bacağındaki enfeksiyonun iyileşmesini bekliyordu. Sevdikleri ona ne derse desin, ne yaparsa yapsın kimse Bran'i girdiği depresyondan çıkaramıyordu.

Bir gece arkadaşlarından biri, iş yerinden Michael adlı bir arkadaşıyla birlikte Bran'i ziyarete geldi. Michael, Bran'e tek ayak üzerinde sekerek gitmesi ve zıplaması hakkında şakalar yapınca Bran öfkeden ne yapacağını şaşırdı. "Benim bacağım kesilecekken siz nasıl böyle şakalar yapabiliyorsunuz?" diye adama bağırdı.

Bunun üzerine Michael sakin bir şekilde Bran'in yatağının üzerine bir şey bıraktı. Kendi protez bacağını. Bran'in arkadaşı, ikiliyi yalnız bırakması gerektiğini düşünerek odadan çıktı.

Bir saat sonra döndüğünde Michael çoktan gitmişti ama Bran'in gözlerinin içi gülüyordu.

"Onun öyküsünü sen de duymalıydın," dedi Bran. "Bir gece arabasının lastiği patlamış ve onu tamir etmek için arabayı kenara çekip durmuş. Bagajdan yedek lastiği almak için arabanın arkasına geçtiği sırada direksiyon hâkimiyetini kaybeden bir sürücü, arabasının arkasına hızla çarpmış. Michael iki araç arasında ezilmemek için zıplayabildiği kadar yukarı zıplasa da bir bacağı araçlar arasında sıkışıp oracıkta kopmuş. Hemen hastaneye kaldırılsa da bacağı yerine dikilememiş. O durumda bile eşine ve çocuklarına bakmak zorunda olduğu için tekrar hayata tutunmuş. Ben de gelmiş, burada sızlanıp duruyorum. Baksana, benden çok daha kötü durumda olup hâlâ gülümseyebilen insanlar var! Michael şu an bir spor merkezinde yöneticilik yapıyormuş. Ben de ameliyat olup protezime kavuştuktan sonra bana spor merkezinde ücretsiz ve sınırsız üyelik vereceğini söyleyerek bana numarasını bıraktı. Bir şekilde her şeyin yoluna gireceğini ve endişelenmemem gerektiğini söyledikten sonra gitti."

Öyle de oldu. Ameliyattan altı ay sonra Bran şirketteki işine geri döndü. Patronunun da yardımıyla hastane borçları ödendi. Proteze alışana kadar çok zorluk çekse de bir süre sonra protezle bisiklet sürmeyi, spor yapabilmeyi ve yüzmeyi öğrendi. Günden güne kendine olan güveni artan Bran, iş yerinde tanıştığı bir kadına çıkma teklifi etti. Tabii o sırada, bu kadının gelecekteki eşi ve iki çocuğunun annesi olacağından haberi yoktu.

Yeter ki Hayal Et

Önce hayali kurulmadan, hiçbir şey var olmaz.

Carl Sandburg

Ergenlik döneminde neredeyse her genç, kendine güven problemi yaşar. Ben de kendime ve yeteneklerime güvenmiyor, her şeyden şüphe duyuyordum. Sürekli insanların gözündeki değerimi sorguluyordum. Sınavlardan iyi bir not aldığımda ya da bir şey başardığımda bunun tamamen şans olduğuna inanıyordum. Arkadaşlarımın beni sevmemesinden ve dışlamasından çok korkuyordum.

Normalde bu güvensizlik dönemi belli bir yaştan sonra geçip gider. Ancak bu öz güvensizlik, benim kişiliğime oturup kalmıştı. O zamanlarda, beni sevdiğini sandığım bir adamla tanıştım. O, otoriter biri olduğu ve ben de fazlasıyla içine kapanık biri olduğum için kavgalarla dolu bir birliktelik olsa da ondan ayrılmadım ve evlenmeye karar verdik.

Babamın, düğünden bir gece önce bile, "Kızım, hâlâ geç kalmış sayılmazsın, o adamla evlenmek zorunda değilsin," dediğini hâlâ hatırlıyorum. Ailem çok büyük bir hata yaptığımın en başından beri farkındaydı ama gençlik ya, söylenilen hiçbir şeyi dinlemedim. Ama evlendikten hemen sonra ben de ne büyük bir hata yaptığımı fark ettim.

Eşimin psikolojik baskıları, bağırmaları ve fiziksel şiddeti yıllarca sürdü. Yüzümde ve vücudumun pek çok yerinde morluklarla geziyordum. İşe gitmeden önce yüzümdeki izleri kapatmak için saatlerce uğraşıyordum. Birkaç kez hastaneye kaldırıldığım bile oldu. Ancak tüm bunlara rağmen her seferinde evime, eşime dönüyordum. Çünkü bundan başka bir hayat görmemiştim ve ne yapacağımı bilmediğim için de kendime güvenemiyordum. Kendimi, tüm bunların geçeceğine inandırmaya çalışıyordum.

Sonra, beni hayatta tutan minik kızım dünyaya geldi. Kızımız olunca başlarda her şey düzelmiş gibiydi ama aradan biraz zaman geçince hayatımız da eskisi gibi olmaya başlamıştı. Kızım beş yaşına geldiğindeyse her şey eskisi gibiydi. O bile babasından şiddet görüyor, beni kötü hâlde görünce boynuma sarılıp, "Geçecek anne," diyordu. Ama ben bir şey yapmazsam geçmeyecekti. Bunu çok iyi biliyordum. Kendimi ve özellikle kızımı kurtarmak için hayatımı değiştirmeliydim.

Bir gün, değişim fırsatı ayağıma geldi. Çalıştığım şirkette düzenlenen birkaç kişisel gelişim seminerine katıldım. Bir tanesi, hayalleri gerçekleştirmek üzerineydi. Değil hayallerimi gerçekleştirmek, hayal kurmak bile imkânsızdı benim için. Ama sunucunun söyledikleri beni çok etkilemişti. Bize, "Size istediğiniz hayatı yaşama fırsatı verilse ne hayal ederdiniz?" diye sorduğunda, tam orada hayatımın değişmeye başladığını hissettim. Çünkü artık hayal kurmaya başlamıştım bir kere.

Kızımı alıp kendi başıma bir ev tuttuğumu hayal ettim. Kendim ve kızım için daha rahat bir hayat hayal ettim. Tıpkı karşımdaki sunucu gibi, uluslararası şirketlerde konferanslar veren bir konuşmacı olduğumu hayal ettim. Tıpkı karşımdaki sunucunun benim hayatımı değiştirdiği gibi, benim de karşımdaki insanların hayatlarını değiştirdiğimi hayal ettim. Kendimi, diğer insanlara ilham vermek için hayat hikâyemi yazarken hayal ettim.

Çok geçmeden eşime boşanma davası açıp kazandım ve kızımı da alıp ikimize yeni bir hayat kurdum. Ufak bir daire kiraladık. Maaşım ucu ucuna yetse de huzurumuz vardı ve mutluyduk. Arabam çok eski olsa da hayatımızda ilk kez güvendeydik ve özgürdük.

Şirketimin Pazarlama Departmanı'nda, canla başla çalışıyor, her konuşmamın daha etkili hâle gelmesi için elimden geleni yapıyordum. Ve bir gün telefonum çaldı. Üst düzeyden bir yöneticiydi ve şirketin yıllık konferansında konuşma yapıp yapamayacağımı soruyordu. Beklediğim fırsat buydu, o yüzden hemen kabul ettim.

Konuşmam için haftalarca gece gündüz demeden hazırlandım. Hangi cümleleri kuracağımı, mimiklerimi nasıl kullanacağımı, dinleyicilerle göz teması ve iletişim kurarken nelere dikkat edeceğimi, kısacası her şeyi gözden geçiriyordum.

Nihayet büyük gün gelip çatmıştı. Tuhaf bir şekilde, konferans gününün hayatımın değişeceği ikinci gün olduğunu hissediyordum. Kendimden emin bir şekilde herkesin karşısına çıkmamda bu hissin de etkisi büyüktü.

Konuşmam herkes tarafından beğenilince görevimde yükselmeye başladım. En sonunda da ulusal pazarlama eğitimcisi oldum. Hayalimi gerçekleştirmiştim. Evet, bunu başarmıştım çünkü hayal kurmaya başlamıştım.

Çakıl Taşları

Hayattan istediğinizi alma konusunda vazgeçilmez ilk adım, ne istediğinize karar vermektir.

Ben Stein

Bahçe işlerini, çiçekleri ve doğayı seven bir aileyiz, bu yüzden de şehir merkezinden biraz uzakta, kocaman bir bahçesi olan bir evde yaşıyoruz. Eşim bahçedeki çiçeklerle ilgilenirken daha büyük ve zor işlere de ben bakıyorum.

Altı yaşındaki oğlumuz Jack ise tam bir taş delisidir. Gittiğimiz her yerden, her sahilden mutlaka taş toplayıp döner. Bunu bilen sevdiklerimiz de geldikleri yerlerden Jack için farklı taşlar getirir. Garajımızda Jack'in taşları için özel bir sepetimiz bile var. Belli aralıklarla taşlarını su dolu bir kovaya döker, onları bir güzel temizledikten sonra sepetine geri koyar.

Bir gün, bahçedeki yaprakları temizlemekle uğraşırken oğlum Jack yanıma gelip, "Babacıım bana bir tabela yapar mısın?" diye sordu.

Buna bir anlam veremedim. "Şu an çok işim var, Jack. Sonra yapsak olmaz mı?"

"Ama çok lazım babaaa..."

"Ne için lazım peki? Ne tabelasıymış bu?"

Büyük bir heyecanla, "Çakıl taşlarım için," dedi. "Onları yol kenarında satacağım. Geçen insanlar görsün diye de bir tabelaya ihtiyacım var."

Açıkçası bu fikri biraz saçma bulduğumdan, "Gerçekten çok daha önemli işlerim var, Jack. Annenle birlikte hazırla tabelanı," dedim.

Jack üzülse de bir şey demeden ağır ağır eve yürümeye başladı. Ben de işime döndüm. Yapraklardan sonra gerçekten çok işim vardı.

Aradan yarım saat geçmemişti ki Jack koşarak yanıma geldi. Elinde renkli bir karton vardı ve üzerinde kendi yamuk yumuk el yazısıyla "İNDİRİMLİ ÇAKIL TAŞLARI – 1 DOLAR" yazıyordu. Kolunda da bir sepetle örtü asılıydı.

"Sepet ne için?" diye sordum.

"Paralarımı koymak için," dedi gayet sakin bir ses tonuyla.

"İnsanların bir dolara senden taş alacağını sanmıyorum," diyerek fikrimi belirttim.

"Alırlar, neden almasınlar? Taşlarım çok güzel," dedi.

"Jack, sokağımızdan çok sık insan geçmediğini biliyorsun."

"Hayır, geçiyor!" diyerek itiraz etti. "Her sabah yürüyüşe çıkan bir amcayla teyze var. Koşuya çıkan insanlar var. Arabalarıyla geçen bir sürü kişi de görüyorum," dedikten sonra yol kenarına gidip yere annesinden aldığı örtüyü yere serdikten sonra tabelasını, taşlarını ve sepetini güzelce yerleştirdi. Bu kararlı hâllerini seyrederken gülümsemeden edemedim.

İşlerime dönsem de arada bir Jack'e bakıp durumunu kontrol ediyordum. Sokaktan kimse geçmese de pes etmeden bekliyordu.

Kısa bir süre sonra bir araba sesi duyunca kafamı kaldırıp baktım. Renkli bir karavan, oğlumun önünde duruyordu. Jack hemen ayaklanıp taşlarını tanıtmaya başladı. Karavanın camından bakan orta yaşlı bir adamla kadın, ne dediklerini duyamasam da oğluma bir şeyler soruyordu. Adamla kadın birbirine bakıp gülüştükten sonra kadın, adama cüzdanını uzattı! Adam cüzdanından bir dolar çıkarıp oğluma uzattı. O sırada kadın karavandan indi ve Jack'in yanına gidip beğendiği bir taşı aldı. Ardından Jack'e el sallayıp karavana geri döndü.

Ben, gördüklerimin şaşkınlığını üzerimden atamamışken Jack koşarak yanıma geldi. Elindeki parayı sallayarak, "Satarım demiştim! İnandım ve başardım!" diye bağırıyordu. Ona sımsıkı sarılıp onu tebrik ettikten sonra beni beklemesini söyleyerek eve koştum. Bu anı ölümsüzleştirmek istiyordum. O yüzden de gidip fotoğraf makinemi alıp bahçeye geri döndüm. Tabelasının başında, elinde kazandığı ilk para ile Jack'in fotoğrafını çektim. Ufacık hâliyle, minik bir hayale gönülden inanmış ve sonunda başarmıştı. O fotoğraf, üzerinden yıllar geçmesine rağmen hâlâ salondaki çerçevenin içinde duruyor.

Aynı günün akşamında, bu olayı kutlamak için ailecek bir şeyler yemeye gittik. Para kazanmanın nasıl bir şey olduğunu öğrenmiş olan Jack, şansını deneyip bizden artık harçlık almaya başlayıp başlayamayacağını sordu. Annesi, para kazanmak için önce hak etmesi ve evde bazı sorumluluklar alması gerektiğini söylemişti. Jack de gayet rahat bir şekilde, "Hiç sorun değil," dedi. "Ne kadar harçlık alacağım peki?"

Annesinin, "Haftada bir dolar olabilir," cevabı üzerine Jack, hayatımız boyunca unutamayacağımız bir cevap verdi: "Haftada bir dolar mı? İyi de ben o parayı bir çakıl taşından bile kazanıyorum anne!"

Önemli Biri Olmak

Dünyayı değiştirenler ancak bunu yapabileceklerini düşünecek kadar çılgın olan insanlardır.

Steve Jobs

Verdiğim seminerlerin birinde konumuz "Kendimize Verdiğimiz Değer"di. Katılımcılara kendilerine ve çevrelerindeki insanlara değer vermelerini söyleyip dursam da ancak verdiğim bir ödev ile başarıyı elde edebildim. Bir gün onlara, bir hafta boyunca işlerinde ellerinden geleni yapmalarını söyledim. Evet, ödevleri buydu. Onlara, "Çalıştığınız yerde gerçekten önemli biri olsaydınız ne yapardınız?" dedim.

O gün bittiğinde herkes çıktı ama Claudia yanıma gelip, "Ben bu ödevi yapmak istemiyorum çünkü şu an çalıştığım şirketten hiç memnun değilim. Yeni bir yer bulana kadar orada idare etmekten başka şansım yok. Her günüm aşırı stresli, yoğun ve saçma işler yaparak geçiyor," dedi.

Ona, böyle hissetmesinin normal olduğunu ama kendisine ve etrafındakilere bir haftalığına son bir şans vermesini söyledim. Karşılıklı ikna çabaları sonucunda bir hafta boyunca iş yerinde önemli biriymiş gibi davranacağına ve o şekilde hareket edeceğine söz verdi.

Ertesi hafta Claudia içeri girer girmez ondaki değişimi fark etmiştim. Apayrı bir enerji ile doluydu sanki. Onun bu hâlini tüm sınıf fark etmiş olmalıydı ki Claudia bu bir haftasını anlatmak için söz aldığında herkes ona bakıyordu.

"Başta bu ödevi yapmayı hiç istemiyordum çünkü çalıştığım yeri ve işimi sevmiyordum. Ancak oradan ayrılmadan önce böyle bir şey yapsam ne olur ki, diye düşündüm ve önemli biriymiş gibi davranıp çalışmaya karar verdim. İlk olarak cansız ofisimize renk katmak için renkli saksılar ve çiçekler aldım. Ofisin duvarlarına da herkesi motive edecek, renkli posterler astım. Bu ufak değişiklikler bile herkesi neşenlendirip canlandırmaya başlamıştı. Sonra hiç ilgilenmediğim, sıkıcı masamı güzelce toplayıp sevdiğim insanların fotoğraflarını her zaman görebileceğim bir yere koydum. Ardından çalışma arkadaşlarımla ilgilenmeye başladım. Onlara her zaman selam verip nasıl olduklarını sordum. Canı sıkkın gözüken birini gördüğümde elime birer fincan çay ya da kahve alıp ona neyi olduğunu sordum. Çalışma arkadaşlarımın bana şaşkınlık içinde baktığının farkındaydım ama bunu umursamadım. Onlar da bu durumdan memnunlardı. Biri işini düzgün yaptığında ya da o gün çok şık olduğunda mutlaka iltifat ettim. Patronuma karşı daima kendimi öven ben, birkaç iş arkadaşımı övdüm."

Herkes pürdikkat Claudia'yı dinliyordu. Ona gülümseyerek karşılık verdim. Bir yudum su içtikten sonra devam etti. "Kendime, bu şirketi nasıl daha iyi bir hâle getirebileceğimi sorup durdum. İşe, her şeyden şikâyet etmeyi bırakarak başladım. Çünkü en ufak şeye bile burun kıvırdığımın farkına vardım. Ardından her gün yapabileceğim yeni bir fikir bulup bir kenara not ettim ve o gün içinde o fikri mutlaka hayata geçirdim. İşlerimi belli bir plana göre yapmaya çalıştım ki bu, bana çok zaman kazandırdı. İşime odaklanınca her şeyi normalden çok daha çabuk yaptığımı, bu sayede daha çok işe zaman kaldığını gördüm. En önemlisi de masamdaki not kâğıtlarından birine 'Çalıştığın yerde gerçekten önemli biri olsan ne yapardın?' yazıp her zaman görebileceğim bir yere yapıştırdım. Basit bir sorunun hayatımı bu denli değiştirebileceğini asla tahmin edemezdim. Artık işimi seviyorum ve çalıştığım yerden ayrılmayı bir süre daha düşünmüyorum."

Karşılama

Çocuğunu öyle karşıla ki, eve geldiğinde dünyadaki en güzel, en güvenli yere geldiğini hissetsin...
Eşini öyle karşıla ki, sana kavuştuğunda onun için en doğru insana kavuştuğunu hissetsin...
Anneni öyle karşıla ki, seni doğururken çektiği onca sancıyı unutuversin...
Babanı öyle karşıla ki, hayatı boyunca gurur duyabileceği bir evladı olduğunu bilsin...
Yoksulu öyle karşıla ki, ettiği dua sofradan çok daha büyük olsun...
Zengini öyle karşıla ki, senin kalbini gördüğünde kendi kalbi fakirse, kalbinin fakirliğinden utansın...

Hayallerinizi Yüzüstü Bırakmayın

Hayalleriniz ve gerçekler arasındaki mesafe sizi korkutmasın. Hayal ediyorsanız, başarabilirsiniz.

Belva Davis

Marshall adında, büyük bir evi ve çiftliği olan bir arkadaşım var. İyilik yapmayı çok seven biri olarak, ne zaman yardıma muhtaç birileri için açık artırma düzenleyecek olsak, yeterince geniş evini kullanmamıza izin veriyor.

Yine bir gün, küçük çocukların hayallerini gerçekleştirmek amacıyla bir açık artırmada, Marshall'ın evinde toplanmıştık. Bu açık artırmayı duyunca her zamankinden çok fazla heyecanlanmasına anlam veremesem de bir şey söylememiştim. Ben oturumu başlatmadan önce söz almak istediğini söyleyip benim yerime geçti. Herkese selam verdikten sonra da konuşmasına başladı. "Bugün burada, güzel bir amaca yönelik olarak toplanmış bulunuyoruz. Ancak bu sefer ayrıca mutlu ve bir o kadar da heyecanlıyım. Size, arkadaşım Eric'in evimi kullanmasına neden izin verdiğini anlatmak istiyorum. Her şey, babası gezgin bir at eğitmeni olan bir çocuğun hikâyesine dayanıyor. Babası iş bulmak için kasaba

kasaba, çiftlik çiftlik gezen bu çocuk, sürekli yer değiştirdiği için sabit bir yaşamı ve eğitim hayatı olmamıştı. Bir gün, yeni kaydolduğu okullardan birinde bir öğretmen, öğrencilerden ileride ne olmak istediklerini anlatan bir kompozisyon yazmalarını istemişti.

O gece çocuk, bir gün kocaman bir at çiftliğine sahip olmak istediğini anlatan, altı sayfalık bir yazı yazdı. Hayalinin tüm ayrıntılarını, 60 hektarlık bir arazi üzerine kurulu çiftliğin kabataslak çiziminden tutun, 300 metrekarelik evin krokisine kadar her şeyi çizmişti. Ödevi için saatlerini harcamıştı ama sonucundan da çok memnundu.

Ertesi gün ödevini büyük bir gurur ve heyecanla öğretmenine verdi. Ancak birkaç gün sonra ödevini geri aldığında, ilk sayfasında kırmızı bir kalemle kocaman bir sıfır yazılı olduğunu görünce âdeta yıkıldı. Dersten sonra öğretmeninin yanına gidip neden sıfır aldığını sordu.

Öğretmeni, 'Daha gerçekçi hayaller kurmalısın. Şu anki konumunu, hayat şartlarını göz önünde bulundurup, geleceğini ona göre şekillendirmelisin," dedikten sonra ekledi: 'Sana yarına kadar süre veriyorum. Ödevini baştan yaparsan daha iyi bir not alabilirsin.'

Çocuk mutsuz bir şekilde eve gittiğinde babası ne olduğunu sormuş ve çocuk da tüm olanı biteni anlatmış. Babasına, ne yapacağını sorduğunda ise, 'Gelecek senin geleceğin, oğlum. Ben sana ve hayallerine destek olmaktan fazlasını yapamam. Kararlarını kendin vermelisin,' cevabını aldı.

Çocuk, yemek yedikten sonra ödevinin başına oturdu, ardından da yatıp uyudu.

Ertesi gün ödevini öğretmenine yine teslim etti. Öğretmen, kâğıtları alıp okumaya başladığında, ödev üzerinde hiçbir değişiklik yapılmadığını gördü. Bunun üzerine çocuk, 'Eğer yüksek notlar almak ve her zaman başarılı olmak için hayallerimden vazgeçmem gerekiyorsa, ben bunu istemiyorum,' demişti."

Marshall tüm bunları anlattıktan sonra salonundaki herkese şöyle bir baktı ve devam etti. "Muhtemelen hepiniz, size bu hikâyeyi neden anlattığımı merak ediyorsunuzdur. Size bu hikâyeyi anlattım çünkü o çocuk bendim ve bu ev de kompozisyonumda anlattığım ev. O ödevi hayatım boyunca sakladım ve burayı inşa edince de çalışma odamın duvarına çerçeveletip astım. Muhtemelen kötü bir niyeti olmayan öğretmenim, ileride üzülmemem için daha gerçekçi hayaller kurmamı öğütlemişti ama ben bunu başardım. Kendime inandım, hayalimi yüzüstü bırakmadım ve geldiğim nokta bu. Bu nedenle de evimi, insanların hayallerini gerçekleştirmelerine yardımcı olacak bir organizasyon için açmaktan mutluyum."

İnsan, hatalarını kabullenip kendini bağışlamayı öğrendiği zaman büyümeye başlar.

Kimberly Kirberger

Geniş Aile

Çocukların karınlarını ve zihinlerini doyurduğumuz kadar ruhlarını da beslemeliyiz.

Michael Marshall

Herkesin hayatında, kendisini etkileyip de aklına gelmeyecek şeyleri yapmasını sağlayan insanlar vardır. Benim için bu kişi, Doktor Michael Allan'dı. Vietnam Savaşı sırasında bir yetimhane kurmuş, yazdığı kitaplardan elde ettiği gelirle de kimsesiz çocuklara destek olmaya çalışmış. Onunla düzenlediği bir seminer çıkışında yanına gidip tanıştım. Yaptığı şeylerden çok etkilendiğimi belirttim.

Ancak birkaç yıl sonra, kanser olduğu haberi hızla yayıldı. Bunun üzerine onu hastanede ziyarete gittim. Ona, tedavi sürecinde gönüllü olarak sekreterlik yapıp telefonlarına ve maillerine bakabileceğimi, çocuklar için bir şeyler yapmak istediğimi söylediğimde çok mutlu oldu. Bana yetimhanenin işleyişiyle ilgili her şeyi, iletişim hâlinde olduğu herkesi öğrettikten sonra, elli ikinci yaş gününden iki gün sonra hayatını kaybetti.

Doktor Michael'ın ölümünden sonra yetimhaneye sık sık gittim. Orada çalışan Madam Tien'a elimden geldiğince yardımcı oldum. Kendisi Vietnam Savaşı sırasında Kuzey Vietnam'dan, yetimhanenin bulunduğu Saigon'a gelmiş, son derece iyi kalpli bir kadındı. Yetimhanede Doktor Justin Brendan ile tanıştım. Eşinden yıllar önce ayrılmıştı ve yaşları altı ile on üç arasında değişen beş oğlu vardı. Bir süre sonra Justin ile evlendik. Kırk sekiz yaşında, bir anda hem evli hem de beş çocuk annesi bir kadın oluvermiştim!

Annemi ve babamı bir kazada kaybettiğim için halamla büyümek zorunda kaldım. Bu yüzden ben de evlatlık sayılırım. Belki de bu sebeple, içimde bitmek bilmeyen bir kız çocuğu evlat edinme isteği vardı.

Bir gece ufaklıklardan birini beslerken, az ilerideki bir beşikten sesler geldiğini duydum. Sevimli bir kıkırdamaydı bu. Beşiğe doğru ilerlediğimde, tahminen iki buçuk ya da üç aylık, ufak bir kız çocuğu gördüm. Beni görünce gözlerimin içine bakıp kendince birtakım sesler çıkarmaya başladı. Onu kucağıma aldığımda, kızımın o olduğunu biliyordum. O sırada Madam Tien geldi. Hemen bebeğin adını sorduğumda, Madam Tien'in ona "Hoa" adını verdiğini öğrendim.

Ertesi gün Madam Tien'in yanına gidip, Hoa'yı evlat edinmek istediğimi söyledim. Bunu duyan Madam Tien, benim için aklında başka bir çocuk daha olduğunu söyledi. En başından beri Yen'e bir anne aradığını ve benim, onun için harika bir anne olacağımı düşündüğünü belirtti. Beş yaşındaki Yen'i gördüğümde Madam Tien'i anladım. Hastalıktan ve bakımsızlıktan zayıf düşmüş, saçları dolaşmış,

Hoa'nın aksine gözlerindeki ışık sönmüş bir çocuktu Yen. Hoa'yı ve Yen'i evlat edinebilmem için vakit kaybetmeden işlemlere başladık.

Bu şekilde birbirini takip eden yıllar içinde toplamda beş çocuk evlat edindim. Daha fazlasını istesem de evimde artık yer olmadığından, çocuklara nasıl yardımcı olmaya devam edebilirim diye düşünüp, savaş bölgelerindeki çocuklara gönüllü olarak öğretmenlik yapmaya başladım. Yetimhaneye ziyaretlerime de devam ediyor, ne kadar çok ruha dokunabilirsem kendimi o kadar çok mutlu hissediyordum. Geriye dönüp baktığımda, geçmişimde yaşadıklarım ve harika bir insan sayesinde bugün olduğum kişi olmuştum.

Kollarımda tuttuğum, o yardıma muhtaç minik kız ben de olabilirdim.

Talihsizliklerle Dolu Bir Gün

Bazen yapabileceğiniz en acil ve hayati şey, kendinize tam bir dinlenme sağlamaktır.

Asleigh Brilliant

Bazı günler vardır, sanki tüm evren canınızı sıkmak için anlaşmış gibidir. Hiçbir şeyiniz yolunda gitmez, başınıza sürekli bir şey gelir, hayatınızın tüm şanssızlık haklarını tek günde kullanmış gibi hissedersiniz. Geçenlerde o günlerden birini yaşıyordum.

Sabahın erken bir saatinde salondaki bir eşyanın kırılma sesine uyandım. Başta eve hırsız girdiğini sanıp korksam da hemen ardından, güvenli bir sitede oturduğum için kedilerden biri olduğunu düşündüm. Söylenerek yataktan kalkıp salona gittiğimde iki kedimin de yaramazlık peşinde olduğunu, oradan oraya zıplayıp birbirlerini yakalamaya çalıştıklarını gördüm. En sevdiğim vazolarımdan biri de bu yaramazlıktan nasibini almıştı. Vazonun parçalarını temizlemek için süpürgeyle küreği almaya banyoya gittiğimde günün ikinci sürprizi beni karşıladı. Bugün misafirlerim geleceği için vaktim olmayacağından, çamaşırları akşamdan makineye atmıştım. Banyoya girdiğimde, tüm zeminin su ve deterjan kaplı olduğunu gördüm ve âdeta çıldırdım. Kapı açık olsaydı ve kediler içeri girseydi ne olurdu, hiç düşünemiyorum bile. Bu sefer daha yüksek sesle söylenerek dakikalarca uğraştıktan sonra önce banyoyu sonra salonu temizledim. Vazo parçalarını çöpe atmak için mutfağa gittiğimde çöp poşetinin bittiğini gördüm. Dolapların içinde çöp poşeti ararken önümden minik bir hamamböceği geçti. Ben korkuyla çığlık atınca korkan kediler iyice koşturmaya başladı. Vazo parçalarını normal bir poşete koyup, artık evden çıkmam ve akşamki misafirlerim için alışveriş yapmam gerektiğinden, kedileri ayrı odalara kapatıp giyindikten sonra evden çıktım.

Yolda da başıma bir sürü talihsizlik geldi elbette. Bu şansla aradığım şeyleri bulamam diye biraz daha uzaktaki, büyük bir markete gittim. Koskoca otoparkta yer bulabilmek için dönüp durdum. Sonunda büyükçe bir arabanın yanına park ettim.

Evdeki, yoldaki ve otoparktaki aksiliklerden sonra yeterince vakit kaybettiğim için hızla markete girdim. Son bir tane market arabası kalmıştı ve tekerlekleri bozuktu. Arabayı ilerletirken çıkan sesler, gerilen sinirlerimi iyice geriyordu. Elimden geldiğince sakin kalmaya çalışıp listemi çıkardım ve reyonlar arasında dolanmaya başladım.

O sırada gördüğüm bir şey, sinirden delirdim ve hayal görmeye başladım sanırım, diye düşünmeme sebep oldu. Ama hayır, hayal görmüyordum. Yaşlı bir adam, önünde tekerlekli bir sandalyeyi iterek yürüyordu. Buraya kadar her şey normaldi. Ancak sandalyedeki kadının üzerinde hastane önlüğü vardı ve kolunda serum takılıydı. Benimle birlikte diğer insanlar da yaşlı çifte şaşkın bakışlar atıyorlardı. Adamla kadının ise hiçbir şey umurlarında değildi.

Adam, aldığı şeyleri önce eşine uzatıyor, eşi onaylarsa kolundaki market sepetine koyuyordu. Sık sık eşinin eline dokunuyor ya da onu alnından öpüyordu. Bu manzara karşısında tüm sinirim, tüm gerginliğim gidivermişti. Yenilenen ruh hâlimle hemen alışverişimi tamamlayıp arabama döndüm.

Aldıklarımı bagaja yerleştirirken yanımdaki aracın sahibi geldi. İçerideki yaşlı adam ve kadındı bunlar. Kendimi tutamayıp yanlarına gittim ve ikisine de selam verdim. Kadına nesi olduğunu, adama da burada ne yaptıklarını sorunca, yaşlı kadının bir süredir hastanede olduğunu ve doktorlardan arada bir dışarı çıkmak için izin alabildiklerini öğrendim. Onlarla biraz daha konuştuktan sonra vedalaşıp arabama bindim. Adam, eşini alnından öptükten sonra onu arabaya bindirdi, sandalyesini toplayıp arabanın arkasına yerleştirip poşetleri de yanına koydu. Yaşlı adam bana el salladıktan sonra arabasına bindi ve gitti. Bense orada öylece oturmuş, ağlayarak bugünü ve bu sevimli çifti düşünüyordum. En ufak zorluklarda hemen pes etmiş, kendimi yıpratmıştım. Oysa ne kadar kolaydı sorunları aşmak. Sevgi olduğu sürece her şey ne kadar önemsizdi.

Şükretmek hayatın
bütünlüğüne dair kilidi açar.
Sahip olduklarımızı yeterli
kılarak çoğaltır.
Bir öğünü bir ziyafete, bir
evi bir yuvaya, bir yabancıyı
bir dosta dönüştürebilir.

Melody Beattie

Romantik Yazar

Gerçek bir aşka sahipseniz, başka şeye ihtiyacınız yoktur.
Değilseniz, başka neye sahip olursanız olun önemi yoktur.

Sir James M. Barrie

Kocam bir pilot olduğu için günün ve yılın büyük kısmını evden uzakta geçiriyor. Çocuklar da gündüz okulda olduğu için evde genellikle yalnızım. Eşimin işi yüzünden asla şikâyetçi değilim çünkü bu sayede evde oturabiliyor ve çocukluğumdan beri hayalini kurduğum şeyi yapıp yazı yazabiliyorum. Yazdığım romantik kitaplar, okuyucular tarafından gerçekten çok beğeniliyor. İnsanlar, yazdığım kitapları okudukça hayatımın her anının romantizmle dolu olduğunu düşünüyor olmalı. Evet, hemen hemen her anım romantizm dolu ama bu, kitaplarım sayesinde. Tüm günümü mutlu sona ulaşan çiftlere ve onların yaptığı romantik hareketlere adıyorum.

On iki yıldır evli olduğum kocamın romantik biri olduğu söylenemez. Kendisi, görüp görebileceğiniz en sevimli ve düşünceli insanlardan biridir ama iş romantizme gelince durum biraz farklılaşıyor. Chris durduk yere bana çiçek alan ya da beni romantik akşam yemeklerine çıkaran biri asla olmadı.

Özel günlerde kutlama kartı iliştirilmiş bir buket çiçek alsam da ben bunun oldukça sıradanlaştığını düşünüyorum. Özel günlerde çiçek almayan kaç kadın kalmıştır ki?

Fakat bu sabah bir şey oldu. Çocukları okula gönderip kahvaltı masasını topladıktan sonra yazdığım kitaba devam etmek için bilgisayarımı açtım. Evli bir çiftin hikâyesiydi ve yeni fikirlere ihtiyacım vardı. Bu çift, uzun yıllar boyunca birlikte olmalarına rağmen ilişkilerindeki hareketliliği ve romantizmi biraz bile olsun kaybetmemişti. Benim hayatım neden böyle değil, diye düşünürken, biri zihnimin kapaklarını açmış da tüm anılar birden hücum etmiş gibi hissetmeye başladım. Chris bir keresinde uzun süreli ve yatılı bir uçuştan sonra en sevdiğim Belçika çikolatalarından almış ve hiçbir yerde bulamadığım bir kitabın, ikinci el ve çok özel bir baskısını bulup getirmişti. Chris'in evde olmadığı bir hafta sonu, o zaman çok daha küçük olan çocuklarım, yaramazlıklarıyla beni çıldırtmış ve fazlasıyla yormuştu. Chris döndükten sonra beni perişan bir hâlde görünce ne olduğunu sormuştu. Ben de her şeyi anlattıktan sonra yıkanması gereken çamaşırlar olduğu için banyoya gitmiştim. Çamaşır makinesini çalıştırdıktan sonra çocukları uyutmak için odalarına gittiğimde, Chris'in onları çoktan uyuttuğunu fark ettim. Ben de yatmak için yatak odasına gittiğimde Chris'in odanın çeşitli yerlerine mumlar koyduğunu gördüm. Çok yorulduğumu bildiği için bana masaj yapacağını söyledi. Sanırım o akşam çocukları uyutması ve bana masaj yapması, yani yükümü hafifletmek için o an elinden ne geliyorsa yapması da romantizmden sayılırdı, değil mi? İş bu kadarla da kalmamıştı. Ertesi sabah benden önce kalkıp alarmımı kapatmış, çocukları okula hazırlayıp göndermişti. Bense birkaç saat sonra harika bir kahvaltı için uyandırılmıştım.

Tüm bunları düşünürken, ekranımda çıkan mail bildirimi dikkatimi dağıttı. Chris, ileriki bir tarihte, istediğiniz kişiye mail gönderen programlardan birini kullanarak, bana geçmişten geleceğe bir mail bırakmış. Beni ne kadar sevdiğinden ve uçuşun bir an önce bitmesi için sabırsızlandığından bahsetmiş. Bu sabaha kadar onun romantik biri olmadığını düşündüğüm için derin bir üzüntü duydum. O her zaman için romantik biriymiş ama ben bunları görememişim. Hayatın ufak ama güzel ayrıntılarını görebilmek için bazen bir adım geri çekilip, resmin tamamına bakmak gerekiyormuş. Sonunda yazarımız da kitaplarındaki romantizmi yakalamış ve kendi hikâyesini yazmıştı işte!

Hiç Sönmeyen Alev

Yeni aşk ateş gibidir; çok hoş, çok sıcak ve yakıcı...
Ancak hâlâ bir kıvılcımdan ibaret ve titrek...
Daha yaşlı ve disiplinli bir kalbin aşkı ise kömür gibidir, için için yanar ve asla söndürülemez.

Henry Ward Beecher

Bir ateş yakmaya çalıştığınızı düşünün. İlk olarak ağaç dallarını, kozalakları ya da çıraları özenle seçersiniz. Malzemelerinizi topladıktan sonra onları dikkatle dizer, ardından da bir kibrit ya da çakmak yardımıyla yakarsınız. Ateşinizin alev hâlini alması için başından ayrılmaz ve onu yellersiniz. Baktınız ki aleviniz artık sönmeyecek duruma gelmiş, arkanıza yaslanıp ateşin sıcaklığının ve görsel olarak güzelliğinin tadını çıkartmaya başlayabilirsiniz. Artık ateşin başında durmanıza da gerek yoktur çünkü yeterince malzeme koymuşsunuzdur.

Bir süre sonra ateşin zayıflamaya ve sizi eskisi kadar ısıtmamaya başladığını fark edersiniz. Bu, ateşinizle tekrardan ilgilenmeniz gerektiği anlamına gelir. Vakit kaybetmeden ateşinizin başına gidip yeni dallar ekleyerek ya da yanan parçaların yerini değiştirerek ateşinizi yeniden canlandırırsınız. Alevlerin tekrar yükselmeye başladığını görüp rahatlarsınız.

Ateşinizin zayıfladığını fark etmezseniz ne olur peki? Ya da onu ihmal etseniz? Ateşiniz sönmüş gibi gözükse de küllerin içinde ufak kıvılcımlar olduğunu görebilirsiniz. İşte o kıvılcımlar, ne kadar ufak olurlarsa olsunlar, hâlâ daha umut olduğunun habercisidirler. O kıvılcımlar, üzerlerine atacağınız yeni dalları aleve döndürecek güce sahiptirler.

Aşk da böyledir işte. İki insan arasında hiçbir şey yokken ufak çabalar sonucu bir ateş doğar. Ateşin alev hâlini alması için sürekli emek sarf eder, ateşin sönmemesi için elinizden geleni yaparsınız. Başlarda bu ateş alev hâlindeyken iki tarafı da ısıtır, güzelliğiyle başlarını döndürür. Her şey mükemmeldir. Böylesine harika bir aşkı tattığınız için kendinizi şanslı hissedersiniz.

Ancak bir süre sonra alevlerin gücünü kaybetmeye başladığını fark edersiniz. Sevgilinizle aranızdaki o enerjinin günden güne tükendiğini hissedersiniz. Alevler, eskisi kadar ısıtmıyordur artık sizi. Aranızdaki tutkunun bitmesiyle, aşkın da bittiğini düşünmeye başlarsınız. Yolun sonuna doğru gittiğinizi düşünmekten alıkoyamazsınız kendinizi.

Bu dönem, ilişkilerin en kritik dönemlerinden biridir. Pek çok ilişki hatta evlilik, ateşin zayıfladığı bu süreçte sona ermektedir. Ancak bu insanların kaçı ateşi yeniden canlandırmak için ufak da olsa bir adım atmıştır?

Ateş sönmüş gibi gözükse de o ufak kıvılcımlara her zaman bir şans verin. Aşkın ateşine saygı gösterin. Nasıl en başta o ateşi yakmak için uğraştıysanız ve o sizi bir süre boyunca ısıtıp mutlu ettiyse; ateş zayıfladığında da aynı çabayı yeniden gösterin. Ama bu sefer malzemeleriniz ağaç dalları, kozalaklar ya da çıralar değil; sevgi, şefkat, fedakârlık ve saygı olacaktır. Ve bu sefer bu ateş, sizi bir ömür boyu ısıtmaya yetecektir.

Evet, Sen...

Tek başına başarabileceğimiz şeyler ne kadar azsa,
birlikte başarabileceklerimiz o kadar çoktur.

Helen Keller

Kocamın meşhur bir sözü vardır: "Kim? Ben mi?" Ne zaman bizden habersiz yaptığı iyi bir şey, komiklik ya da hata için ona baksak böyle söyler. Biz de gülerek, "Evet, sen…" deriz.

Şimdi ona, "Sen, dünyanın en iyi eşisin," desem hiç düşünmeden, "Kim? Ben mi?" der.

Evet, sen, ben hamileliğimin son dönemlerindeyken beni hiç yormadın. Sen, bebeğimizin uyumadığı gecelerde, ben uyuyayım diye bebeğimizle ilgilendin. Sen, doğum günümde büyük sürprizler yapmak yerine en sevdiğim çikolatayı aldın çünkü beni en çok mutlu edecek şeyin ne olduğunu biliyordun. Sen, ilk kez babam öldüğünde karşımda ağladın, acımı paylaştın. Sen, ne zaman bir şeye ihtiyacımız olsa hemen bize yardım ettin. Sen, benden çok az şey isteyip ben ne istersem yerine getirdin. Sen, evlenmeye karar verdiğimiz andan itibaren, beni daha rahat yaşatmak ve mutlu etmek için elinden ne gelirse yaptın.

Sen, bana evlendiğimiz gün söz verdiğin gibi, beni her geçen gün daha çok sevdin. Sen, tamirciye para vermemek için evde bozulan ne varsa tamir ettin ama ihtiyaç hâlindeki bir dostuna yardım etmek için bir an bile düşünmeden ne kadar para gerekiyorsa verdin. Sen, kendi yuvanı açmış olmana rağmen, sana ihtiyaçları olduğu anda anne babanı asla yalnız bırakmadın. Sen, kalan son kurabiyeyi hep bana bıraktın. Sen, bana araba kullanmayı öğrettin. Sen, başlarda yaptığım yemekler ne kadar kötü olursa olsun hiçbir şey demedin ve hepsini yedin. Sen, çocuklarımıza hayatı öğrettin, onlara her zaman dayanak oldun. Sen bana, aramızda ne geçerse geçsin, birbirimize küs ya da dargın uyumamanın ne kadar önemli olduğunu öğrettin. Sen, hastalandığımda başımdan bir an bile ayrılmadın. Sen, gün içinde kendime zaman ayıramadığım için, işten eve geldiğinde becerebildiğin kadarıyla işlerimi benim yerime yaptın. Sen, söylediğim her bir kelimeyi dinledin, bana ve düşüncelerime her zaman saygı gösterdin. Sen, çocuğumuzun tüm özel anlarında yanında oldun. Sen, bir babanın kızının en iyi arkadaşı olabileceğini kanıtladın. Sen, ailemizin tüm zorlukların üstesinden sevgiyle gelebileceğini gösterdin.

Evet, sen… Sen dünyanın en iyi eşisin ve benim en büyük iki hayalimi gerçekleştirdin. Önce karın oldum, sonra anne oldum. Hayatımdaki varlığın için teşekkür ederim. İyi ki varsın. Evet, sen.

Kayıp Köpek Bobo

İnsan ruhunun bir parçası hayvan sevgisini tadana kadar uyanmaz.

Anatole France

Sonunda uzun süredir beklediğim bir yerden iş teklifi almıştım. Ancak yeni şirketim farklı bir şehirde olduğu için taşınma işlemleri sırasında, Golden cinsi köpeğimi Brighton'da, bir arkadaşıma bırakmak zorunda kalmıştım. Buradaki işlerimi hallettikten sonra Bobo'yu uçakla gönderecekti.

Bobo, sekiz yıldan beri benimleydi ve en yakın dostum olmuştu. Canım sıkkın olduğunda bunu her zaman hisseder, bana bir güzel sokulup beni mutlu etmeye çalışırdı. Her hafta sonu birlikte parka gidip koşar, ardından ona en sevdiği mamayı verirdim. Ben geç saatlere kadar masamda çalışırken o da ayaklarımın dibinde yatıp huzur içinde uyurdu.

Taşınma işlerimin bir an önce bitmesini istiyordum çünkü bir haftalık ayrılık bile bana çok zor gelmişti. Bobo'yu gerçekten özlüyordum. Londra'nın, Brighton'a göre çok daha büyük bir yer olması ise yalnızlığımı daha çok hissettiriyordu. Bu yüzden her şeyi elimden geldiğince çabuk halledip, arkadaşımı arayarak Bobo'yu yarın gönderebileceğini söyledim.

Ertesi gün mutluluktan havalara uçarak havaalanına gittim. Sırada, Bobo'ya kavuşmak için onu getirecek görevliyi beklerken adımın anons edildiğini ve güvenliğe gitmem gerektiğini duydum. Bir sorun olmalıydı. Kalbimin sesini kulaklarımda duyabiliyordum. Koşarak güvenliğe gittiğimde görevlilerden kötü haberi aldım. Uçak boşaltılırken Bobo'nun taşıma kutusunun kapağı, aldığı bir darbe ile açılmış ve Bobo da korku içinde koşarak kaçmıştı. Görevliler peşinden koşsalar da ona yetişemememişlerdi. Aldığım bu haberle yere oturup ağlamaya başladım. Görevliler, her yere haber salınacağını ve ellerinden geleni yapacaklarını söyleseler de benim çok umudum yoktu. Güvenlik görevlileri ve polis memurları, havaalanının çevresini aradılar ancak Bobo'dan eser yoktu. Ben de Bobo'nun fotoğrafını alıp çoğaltmak için evime gittim.

O günden sonra sokakta gördüğüm herkese Bobo'nun fotoğrafını gösterip onu görüp görmediklerini sordum. Parklardaki ağaçlara, kafelerin ve restoranların camlarına, aklınıza gelebilecek her yere kayıp ilanı yapıştırdım. Sokaklarda gezerken Bobo'nun adını söyleyip durdum. Hava gerçekten soğuktu. Bobo'nun ne kadar üşümüş olduğunu düşündükçe ağlıyordum. Kendisi evcil bir köpek olduğu için soğuk nedir bilmezdi. Daha sıcak bir iklime sahip ve daha sakin bir yer olan Brighton'dan sonra burası, Bobo için tam bir kâbus olmalıydı.

Bobo tasma takmayı seven bir köpek olmadığı için boynunda tasması da yoktu. Durum gerçekten de pek iç açıcı değildi. Sonra aklıma barınaklar geldi. Sokakta bakımlı bir köpek gören biri, onu bir barınağa bırakmış olabilirdi. Yakınlardaki tüm barınakları gezdim ama Bobo yoktu. Tek tesellim, barınaklara bildirilen ölü bir köpeğin de olmayışıydı. Belki de hâlâ yaşıyordu.

Bir gün yine sokaklarda Bobo'yu arayarak gezerken yaşlı bir kadına denk geldim. Ona da Bobo'nun fotoğrafını gösterip onu görüp görmediğini sordum. Cevabı beni çok şaşırttı. "Hayır görmedim ama daha az önce bir grup genç de ellerinde sizin ilanlarınızla gezip bu köpeği aradıklarını, sahibine yardım etmek istediklerini söylediler," demişti kadın. Şaşkınlığımı gizleyemeden kadına gençlerin ne tarafa gittiklerini sorup koşarak söylediği tarafa doğru gittim. Çok geçmeden gerçekten de ellerinde benim ilanlarımla gezen dört beş kişi gördüm. Yanlarına gittiğimde kendimi tanıtıp onlara teşekkür ederken ağlıyordum. Dünyada hâlâ iyi kalpli insanların olduğunu bilmek çok iyi gelmişti.

Destek, sadece o gençlerle sınırlı kalmamıştı. Hayvan koruma dernekleri, gönüllü arama ekipleri oluşturmak için her yere haber salmıştı. Her hafta sonu gönüllüler bir araya gelip Bobo'yu arıyordu. Tüm bu insanlara ne kadar minnettar olduğumu anlatamam.

Bobo'nun kaybolmasının üzerinden bir ay geçmişti ve herkes umudunu yitirmeye başlamıştı. Ben bile bazen, Bobo olmadan yaşamaya alışmam gerektiğini düşünürken buluyordum kendimi.

Bir akşam işten eve döndüğümde artık durumu kabullenmiştim. Bobo'nun fotoğraflarına bakıp ağlarken telefonum çaldı. Tanımadığım bir numara olduğu için heyecanla açtım. Karşıdaki kişi, "Bobo'yu bulmuş olabiliriz!" dediğinde duyduklarıma inanamadım. Telefondaki adamdan adresi alıp giyindim ve ilk bulduğum taksiye bindim. Adres, evimden de havaalanından da oldukça uzaktaydı. Bobo oraya nasıl gitmişti? Biri onu kaçırmış mıydı yoksa?

Adrese geldiğimde, telefonda konuştuğum adam beni bekliyordu. Beni, evinin arka bahçesine götürdüğünde gözlerimden yaşlar boşaldı. Bobo'm oradaydı, yaşıyordu. Beni gören Bobo da sevinç içinde üzerime atladı ve birbirimize sarıldık.

Kendime geldikten sonra adam bana olanı biteni açıkladı. Meğer Bobo, havaalanından kaçarken bulduğu ilk otobüse binmiş ve buraya gelmiş. Adam da Bobo'nun son durak olarak indiği durakta bilet satarak çalışıyormuş. Burası Londra'nın merkezine uzak bir yer olduğu için kayıp ilanlarından haberi olmamıştı. Önceki sabah şehir merkezine gidince ilanları görmüş, eve döner dönmez de beni aramıştı. Ona defalarca teşekkür ettikten sonra güzel oğlumu alıp yeni evimize döndüm. Yaptığım ilk iş, kayıp ilanlarının olduğu her yere Bobo'yu bulduğumu belirten ilanlar yapıştırmak ve hayvan koruma derneğindeki yeni arkadaşlarıma bu güzel haberi vermek oldu. Haftalar boyunca tebrik telefonları almış ve bu sayede geldiğim bu koca şehirde hiç de yalnız olmadığımı fark etmiş oldum.

Lider Olmak

Düşünceli ve fedakâr bir avuç insanın tüm dünyayı değiştireceğinden hiçbir zaman şüphe etme.

Margaret Mead

Üniversitemin öğrenci birliği başkanlığına seçildiğimde benim için yeni bir dönemin başladığının farkındaydım. Yetkililer, seçimin ardından en iyi seçim kampanyasının benimki olduğunu söyleyip beni tebrik etmişlerdi.

Başkan seçilmemin ise farklı bir hikâyesi var. Başkanlıktan önce okulun basketbol takımında oynuyordum, hatta takımın kaptanlığını yapıyordum. Ders aralarında bile basketbol oynar, takıma yeni oyuncular bulmak için bizi izleyen öğrencileri dikkatle süzerdik. Bir gün yine aramızda maç yaparken topu bilerek dışarı, bir çocuğa doğru attım. Refleksleri oldukça iyiydi, topu hemen yakaladı. Bunun üzerine yanına gidip kulübe üye olup olmak istemediğini sordum. Bu şekilde kulübe yeni üyeler kazanmaya başlamıştık.

Bir gün kulüp toplantısı yaparken yeni üyelerden biri farklı bir şey yapıp kamp kurmayı ve tırmanış yapmayı teklif edince bu fikre hepimiz bayılmıştık. Katılmak isteyenlerin isimlerini yazıp gerekli malzemeleri almak için ders çıkışında büyük bir mağazaya gitmiştik. Planlarımıza göre hafta sonları kamp ve tırmanış için ideal olacaktı.

Yeni bir şey yapacak olmanın verdiği hevesle, kararı aldığımız haftanın sonunda kendimizi en yakın kamp alanında bulduk. Yirmi kişiydik ve herkes hâlinden memnundu. Bir gece kamp ateşinin başında otururken öğrencilerden bazılarının yaklaşmakta olan öğrenci birliği başkanı seçimlerinden konuştuğunu duydum. Çok geçmeden herkes aynı şeyi konuşmaya başlamıştı. En yakın arkadaşlarımdan biri olan Jacob, benim de aday olmam gerektiğini söyleyince birkaç kişi daha ona katıldığını söyledi. Bu benim için beklenmedik bir şeydi ama düşünebilirdim, daha vaktim vardı.

Haftalar haftaları kovalarken bizim kamp ve tırmanış etkinliğimizi duyan diğer öğrenciler de bize katılmak istediklerini söyleyerek yanıma gelmeye başlamışlardı. Karar aldığımız günün üzerinden iki ay geçtiğinde, kamp ve tırmanış grubumuz da yüz kişiye ulaşmak üzereydi.

Seçim de yaklaşıyordu ve ben aday olmaya karar vermiştim. Hem basketbol kulübündekiler hem de kamp ve yürüyüş grubundakiler beni çok seviyordu. Onlar da arkadaşlarına beni anlatıp duruyordu. O yüzden kazanabileceğimi düşünüyordum. Kampanya olarak da okuldaki sportif ve kültürel faaliyetler üzerinde çalışıyordum. Derken seçim günü geldi ve kendi senemin öğrenci birliği başkanı seçildim.

Başkan olmak, beraberinde pek çok sorumluluğu da getiriyordu. Düzenlenecek yüzlerce organizasyon, yapılması gereken binlerce kâğıt işi ve okunacak öğrenci mektupları vardı. Bunlar belli başlı işlerimdi. Bu işlerin dışında yaptığım daha bir sürü şey vardı. Sınavlarından geçmem gereken dersler, başında durmam gereken bir basketbol takımım ve görüşmem gereken arkadaşlarım da vardı.

Başkanlıkla birlikte omuzlarıma binen yükü taşımakta zorlanmaya başladığım bir dönem, basketbol takımının kaptanlığını Jacob'a devrettim. Kamp ve tırmanma etkinliklerine de işim olmadıkça katılmaya çalıştım. Ancak tüm çabalarıma rağmen günden güne yalnızlaştığımı, herkesin benden uzaklaştığını fark etmeye başlamıştım. Arkadaşlarım, sürekli ne kadar yoğun olduğumdan bahsetmemden sıkıldıklarını söylüyorlardı. Ama çok yoğundum ve kimse beni anlamıyordu. Üstelik tüm bu yoğunluğum da onların daha iyi şartlarda eğitim alabilmeleri, kültürel faaliyetlere katılabilmeleri içindi. Başkan olduktan sonra havaya girip etrafımdakileri görmezden geldiğimi söyleyenler bile olmuştu. Ama böyle bir şey söz konusu değildi. Jacob bile benden uzaklaşmıştı. Çoğu zaman maçlara ve kampa çağırılmıyordum bile.

İşlerimin yoğunluğunun, yalnızlığın ve insanların yorumlarının beni iyice bunaltmaya başladığı bir dönemde rektörün yanına gidip görevden ayrılmak istediğimi söyledim. Yönetimdekiler beni çok sevdiği için herkes ne olduğunu sormaya başlamıştı. Ben de olan biteni anlattım ve tüm okula bir konuşma yapıp görevden ayrılacağımı belirttim.

Rektör biraz düşündükten sonra bunu kabul etti. Hemen tüm okula bir duyuru yapıldı ve benim senemdeki tüm öğrenciler konferans salonunda toplandı. Ben konuşma yapmadan önce rektör bir konuşma yapacağını söyledi.

"Herkese merhabalar. Size lider olmanın beraberinde getirdiği zorluklardan bahsetmek istiyorum. Lider olmak demek, kendinden başka pek çok kişinin sorumluluğunu üstlenmek demektir. Uykusuz kalmak, çok çalışmak demektir. Kendin için bir çalışırken diğerleri için beş çalışmak demektir.

Lider olmak, ne yazık ki yalnız kalmak demektir. Çünkü insanlar ne yazık ki liderliği çok farklı yorumlamaktadırlar. Aslında her şey ne kadar basit. İnsanların tek yapması gereken, kendilerini belli sebeplerden eleştirdikleri liderlerin yerine koymak. Hepsi bu.

Yoğun bir sınav döneminde olduğunuzu düşünün. Bir yandan da basketbol koçunuzun antrenman yapmanız gerektiğini söyleyip durduğunu hayal edin. Diğer yandan arkadaşlarınızın iyiliği için yapmanı gereken ve önceden büyük bir söz verdiğiniz için erteleyemeyeceğiniz işler de var diyelim ki. Tüm bunlar yetmiyormuş gibi arkadaşlarınız artık çok yoğun çalıştığınız için yakınmaya başlıyor. Gerçekten zor, değil mi? Lafı daha fazla uzatmayıp mikrofonu ve kürsüyü, bu senenin en iyi liderine bırakıyorum."

Rektör konuşmasını bitirip kürsüden indiğinde ne diyeceğimi bilemiyordum. Kürsüye çıktığımda konuşamadım. Çünkü ben kürsüye çıkıp mikrofonu elime alır almaz tüm arkadaşlarım ve diğer öğrenciler, gözlerinde yaşlarla ayağa kalkıp beni alkışlamaya başladılar. Hepsi yaptıkları hatanın farkına varmışlardı ve benden bu şekilde özür diliyorlardı.

Vahşi Sular

Hepimizin kalbinde yanan bir ateş vardır. Yaşamdaki hedefimiz ise, o ateşi bulup canlı tutmaktır.

Mary Lou Retton

Kırk yaşına bastığınız doğum gününüzün özel bir kutlama gerektirdiğini kimse inkâr edemez. Ben de artık mutluluğundan kendisinin sorumlu olduğunu öğrenmiş, öz saygısı olan ve cesur bir kadın olarak kendi partimi kendim planlamaya karar verdim!

Tamamen yeni ve farklı, vahşi ve tehlikeli bir macera olduğu için nehir raftingi yapmaya karar verdim. Eleanor Roosevelt'in de söylediği gibi *"Yapamayacağınızı düşündüğünüz işleri yapmalısınız."*

Kosta Rica'daki yağmur ormanları Rio Pacuare Irmağı'nın en hızlı akan bölgesindeki 4. ve 5. parkurlarda yapılan nehir rafting turları sanki tam olarak da benim için hazırlanmıştı. İtalyanca dil kurslarındaki notlarımı, su mataramı, mayomu, sandaletlerimi ve güneş yağımı valize koyup "Kırk Yaş Doğum Günü Kutlaması, Hayatımın En Büyük Macerası: Nehir Raftingi!" için yola koyuldum.

Otobüsümüz nehir boyunca uzanan yol kenarında mola verdiğinde, *"Rio Pacuare'de sağ kalmayı başardım!"* yazılı tişörtleri satan satıcıları gördüğümde olacakları önceden anlamalıydım. Bir tane satın alıp üzerime giydim, benimle birlikte tüm otobüs kahkahalarla gülüyordu. Belki de bir grup yabancıyla beraber bu kadar tehlikeli bir parkurda rafting yapmak konusunu daha çok düşünmeliydim, ki bunların pek çoğu daha önce bu sporu hiç yapmamıştı. Ve muhtemelen bu sporu çok az İngilizce konuşabilen ve rafting dersi olarak sıkça *çok sıkı* tutunmamız gerektiği gibi gelişigüzel talimatlar veren rehberle yapmamak daha iyi olurdu.

Evet, muhtemelen tahmin ettiniz. Daha başlayalı çok olmadan bottan yuvarlanıp küçük bir çağlayanın girdabına yakalandım ve döne döne nehrin dibine battım. Ve bu daha yolculuğun başlangıcıydı. Neyse ki başımda kaskım ve can yeleğim vardı. Onlar olmasaydı başıma neler gelmiş olacağını hayal bile edemiyorum. Yine de çarptığım onca kayanının bıraktığı yara izlerinden ve yuttuğum sudan bahsetmiyorum bile…

Soğuk suyla savaşmakla meşgulken, bende hayatla ilgili ilahi bir anlayış gelişti. O muhteşem, vahşi nehir suları beni fırlatıp sürüklerken ve ben, bir paçavra gibi suya batıp çıkarken, zihnim tamamen başka bir yerdeydi. Bir şekilde ayaklarımı, olması gerektiği gibi, suyun akışına göre uzatmayı başarmıştım. Ve başımı suyun üstünde tutabilmek için elimden gelenin en iyisini yapıyordum ki bu neredeyse imkânsızdı. Nefes almaya çalışmak ve yeterli havayı alamamak korkunçtu. Fakat durumun katıksız dehşeti ve ölebileceğimi bildiğim hâlde, inanılmaz bir şekilde sakindim.

Nehrin en hızlı aktığı yerde suya düştüm. Tanrım, nefes almaya çalışmak ciğerlerimi gerçekten çok acıtıyor. Vay be. Ölebilirim! diye düşünüyordum. Tüm bu olanlara, ölmeye ya da yaşamaya oldukça tarafsız bir şekilde yaklaşabiliyordum ve farklı bir huzur içinde âdeta kendimi dışarıdan seyredebiliyordum.

Daha sonra o gün hayatta kalmamın asıl sebebinin nehirle boğuşup çok büyük bir güçle akan suya karşı yüzmeye çalışmayıp, nasıl yaptıysam, kendimi olayların ve suyun akışına bırakmış olmam olduğunu söylediler. Nehrin alıp beni götürmek istediği yere götürmesine izin vermiştim. Aslında üç tane girdabın içinden geçmiştim ve bu her seferinde daha kolay olmuştu.

Bu, günün en önemli olayı olmuştu. Tüm diğer raftingciler suyun kenarına çıktılar. İnsanlar dualar edip ağlıyor ve pek çoğu da gözlerinin önüne serilen bu dehşetengiz durumu seyrediyordu. Nehrin her iki kıyısını birleştiren pek çok halat vardı ve deneyimli kayıkçılar beni kurtarmak için çalışmalara başladı.

Daha sonra rehberler kurtarma operasyonu sırasında oldukça şaşırtıcı bir biçimde çok nazik olduğumu anlattılar. Ben bunların hiçbirini hatırlamıyorum. İçten içe adamın tekinin tişörtüne yapışıp, "*Hemen* beni buradan çıkarın," diye bağırmak istediğime eminim. Fakat gerçekte kano bana yaklaştığında elimi çıkarıp uysal bir şekilde, "Bana yardım edebilir misiniz lütfen?" demişim. Lütfen? Gerçekten bunu söyledim mi? Sonradan pek çok kez kurtarıcıların çaresizce sudan çıkmak isteyen kişilerin hareketleri yüzünden nerdeyse boğulacak hâle geldiğini öğrendim.

Kıyıya götürülüp tıbbi destek almaya başladığımda etraftaki pek çok kişi neşeyle beni alkışlamaya başladı ve pek çok yakışıklı Kosta Ricalı delikanlı beni kutlamaya geldi. Yaşadığım anın zevkini çıkarıyordum. Ta ki bota geri binip nehrin aşağısına gitmem gerektiğini söyledikleri ana kadar. Gerçekten böyle bir şey yapmaya hiç mi hiç niyetim yoktu ama başka bir şansımın olmadığını biliyordum. Ayrıca tekrar bota binip raftinge devam etmemle herkesin moralinin yerine geldiğini de söyleyebilirim.

O gün öğrendiğim şeylerden biri: Yapabileceğinizin en iyisi yapmalısınız. Bazen bottan düşersiniz ve tekrar bota binip nehirdeki yolculuğa devam etmeniz gerekir. Ve bazen bir zorluğun üstesinden gelmenin en iyi yolu, olayları akışına bırakmaktır! Savaşmayın. Bırakın, zor olsun. Olayların bu şekilde olduğunu bilin, önemli olan sizin buna verdiğiniz tepkidir. Teslim olmak hiçbir şey yapmayıp pasifleşmek değildir. Tam tersine, kendinizi bu deneyimi yaşamaya bırakmak ve *onu kontrol etmeye çalışmamak* anlamına gelen aktif bir durumdur.

O gün nasıl hayatta kaldığımı ve bu mücadeleyle nasıl baş ettiğimi asla unutmayacağım... Kim unutabilir ki? Hatta daha da önemlisi, bu vahşi suların hayatımı nasıl yaşamam konusunda bana verdiği ders için minnettar olup o günü aklımdan hiç çıkarmayacağım.

Terzi

Başkalarını bilen bilgilidir. Kendini bilense bilgedir.

Lao Tzu

Bir gün yaşlı bir bilgeye, "Dünyada en çok sevdiğiniz kişi kimdir?" diye sormuşlar.

Yaşlı adam hiç düşünmeden, "Terzimdir," demiş.

Bunu duyan adamlar şaşkınlık içinde önce birbirlerine sonra bilgeye bakmışlar.

"Terziniz mi? Ama efendim, dünyada sevilecek bir sürü insan varken neden terzi?"

Bilge adam sakinlikle cevap vermiş:

"Evet, ben bu dünyada en çok terzimi seviyorum çünkü onun yanına her gittiğimde bana şöyle bir bakar ve ölçümü yeniden alır. Ama diğer insanlar öyle mi? Hayır. Diğerleri hakkımda bir kez bir karara varınca, ben ne kadar değişirsem değişeyim, kendimi ne kadar geliştirtirsem geliştireyim, ölene kadar bana o gözle bakmaya devam ederler."

21 Numaralı Masa

Dostluğun kolları, birbirimizi dünyanın bir ucundan bir ucuna kucaklayabilecek kadar uzundur.

Montaigne

Bir perşembe sabahı, erken saatlerde 'yuvam' olarak adlandırdığım 21 numaralı masaya doğru ilerliyorum. Garsonları ve kafenin sahibi tombul yanaklı teyzeyi selamlıyorum. Oraya her gidişimde atıştırdığım şeyleri sipariş ediyorum. Biraz tatlı kurabiye ve şekersiz çay…

Çantamdan kitaplarımı birer birer çıkarıyorum. Felsefe dersimin kitabını okumaya başlıyorum. Senenin başından beri kafama takılan bölümlerde yine takılacağımı biliyorum. Saat henüz erken, arkadaşlarımın gelme saatine daha var. Çayımı yudumluyor etrafıma göz gezdiriyorum. Oturduğum masanın çevresindeki boş sandalyelerin dolmasını bekliyorum.

Kafenin çalma listesi ikinci tura döndüğünde Sarah ve Carol kapıdan içeriye giriyor. Her zamanki gibi öpüşüp kucaklaşıyoruz. Onların gelmesiyle birlikte yuvam dediğim yerin bütün eksiklikleri tamamlanıyor.

Yurt binasındaki soğuk odamdan uzaklaşmak iyi geliyor. Birkaç saat boyunca, hava kararana kadar muhabbet ediyoruz. Sohbet derin… Okul, aile, arkadaşlıklar… Her konu açılıyor peş peşe. 21 numaralı masa bizim için gerçek anlamda bir yuva hâlini alıyor bir şeyler paylaştıkça.

Bu kafeye gelmeye başlamamın hikâyesi çok sıradan aslında. Yurt binasındaki koşturmaca beni artık çok bunaltıyordu. Duvarlar üstüme üstüme gelmeye başlamıştı artık. Birkaç arkadaşımın tavsiyesiyle, çantama birkaç kitap atıp bu kafeye gelmeye başladım. Böylece yurttaki gürültüden, patırtıdan, telefon ve bilgisayar seslerinden uzaklaşmış oluyordum.

Yurttaki onca karışıklığın içinde düzenli bir çalışma sistemi oturtabilmeme imkân yoktu ama burada, 21 numaralı masada her şey sakindi. Kendime özgü bir düzen kurmam da uzun sürmedi. Kafeye her akşam, hatta hafta sonları bile gelmeye başladım. Bu gelişlerimin sebebi kurabiyelerinin çok lezzetli olması değildi tabii ki. Burada beni çalışmaya, kafamı dinlemeye ve sakinleşmeye iten bir güç vardı sanki.

Üniversite hayatını bilen herkes emindir ki, birkaç saatlik uykuyla derse gidip profesörün anlattıklarını dinlemek ve ardından sınav için sabahlara kadar çalışmak bir öğrenci için gayet normal bir süreçtir. Önemli olan bu süreç dâhilinde kendinize nefes almak için bir sığınak bulabilmektir. Bu 21 numaralı masa da benim sığınağımdı. Binlerce kişilik okulda, kimlik numaram gibi benimseyebileceğim küçük, sıcak bir yer bulabilmiştim kendime.

O kafe... Arkadaşlarımla rahatça, gönlümden geldiği gibi sohbet edebildiğim, yorgunluktan ölmek üzere olsam bile kendimi gitmekten alıkoyamadığım, bazen kahkahalar içinde yerlere yattığım bazen de hüzünlü gözyaşlarımla etrafı izlediğim kafe... İşte burası benim sığınağımdı.

Kahkahalarımız, gözyaşlarımız işte o arada yaşam buldu. Orada eğlendik, orada büyüdük ve hayatı orada öğrendik. Hayatı ve kendimiz olmayı...

Üniversite biteli seneler geçti. Her birimiz hayatlarımızı farklı yönlerde kurduk ve yeşertmeye çalışıyoruz. Ve her sene mutlaka, defalarca bu kafede buluşup 21 numaralı masamıza oturuyoruz ve üniversite hayatındaki günlerimize dönüp bütün bir günü keyifle geçiriyoruz.

21 numaralı masa hâlâ bizim hayattan kaçmak istediğimizde sığındığımız yuvamız...

HİKAYELERİMİZ DEVAM EDECEK...

Kahve
Kokulu
Hikâyeler
Kokulu
Kitap
yakamoz
Kahve Kokulu Hikâyeler
yakamoz

Geçmişler geleceğe suyun suya benzemesinden daha çok benzer.